悪魔の幻想曲

Fantasy of the Devil

寺島 祐

東京図書出版

この物語はフィクションであり登場人物はすべて架空のものです。

悪魔の幻想曲❖目次

悪魔の幻想曲

私怨《しえん》とは、わが身を地獄に叩き落とした悪人を恨むこと。
金欲しさに我が命を奪った卑劣で卑怯な者どもに、ことのほか恐ろしい災いがふりかかれば我が魂はどんなに救われることか。何人たりとも我が私怨を消すことはできない。

李《り》　秀麗《しゅうれい》

はないちもんめ

この歌は昔、江戸にある吉原の遊女（女郎）の仕入れのため、東北各地を回った無情な人買いじいさんとひどく貧しい農家の親父のやりとりの歌です。

買えてうれしい花（女の子）いちもんめ（一文はわずかなお金）
負けて（ねぎられて）悔しい　花いちもんめ
あの子が欲しい　あの子じゃ分からん
その子が欲しい　その子じゃ分からん
相談しましょ　そうしましょ

実は貧農の村の娘を売り買いした悲しい童謡です。

1

日本海に面する京都の舞鶴港から南西へ40キロメートル離れた、京都府丹後の山奥で古くから続く小さな寺がある。

栄臨宗大山派承安寺。頑固な派遣坊主と寺男がこの荒れ果てた寺に二人で暮らしていた。

住職は今年で66歳になり寺男は25歳になる。寺男は精神障害者で治療費が払えないため家族に見捨てられ、村長の口利きで寺がやむを得ず預かることになった。住職は赴任して2年目で、寺男は住み込みを始めて7年目になる。

寺男は身長が150センチメートルくらい、小柄で坊主頭。目が細く他人をじっとにらむ悪いクセがあり、おまけに猫背だった。村人から寺男の目が気持ち悪いと評判になり葬式と法事以外、誰一人として不気味な寺に近寄る者はいなかった。

「あそこは、たいそう気持ち悪いでよー。めったなことでは誰もよう行かんわ」

村人が普段口にする言葉だった。

「あの寺には、おろち（大蛇）が隠れている。若い女の体を食っちまう恐ろしい妖怪だ」

口から唾をとばしながら興奮気味に話す老婆もいる。

「寺には一人で行くもんじゃねえぞ。奴らは夜中に何をしとるかわかんねえからな。そうそう

3年前、若い女の旅行者が道に迷い、寺に入ったきり出て来やしねえとか。ああ、くわばら、くわばら」

白いひげを伸ばした老人が目をむき出して寺の悪口をさんざん周囲に言いふらしていた。

ある晴れた日曜日の朝、承安寺の住職は原付バイクに乗って国道を南下していた。かねてから訪問したいところがあって、寺男に本堂の掃除を命じて出てきた。最近、寺の売り上げが少なく大山本部からの送金も少なくなり、にっちもさっちもいかなくなって遂に軽自動車を売却したばかりだった。

5月半ばの丹後の朝は少し肌寒いが、それでも真冬よりはましだった。路肩には黄色の草花がいっぱい咲いていて言わばロマンチック街道の風情があったが、その黄色の草を食べて死んだ牛が過去に何頭もいる。早い話が毒草だった。住職は笑いながらその毒草をバイクの籠にいっぱい摘んで目的地に向かった。

丹後半島の中央部に位置する京都府京丹後市弥栄町。1時間ほど経ってようやくたどり着いたのは、あの有名な細川ガラシャが2年間幽閉されていた屋敷の跡地で、本能寺の変のあと、夫の命によりこの味土野でガラシャは我慢の生活を強いられた。

この地を隠棲地（俗世間から逃れて隠れながら生きる所）として夫が決断したのは他ならぬ、

細川一族に災いが降りかからないようにする為だった。

ガラシャは明智光秀の次女。戦国一の美女と謳われた細川忠興の正室。逆臣の娘として世間から非難された。15歳で嫁いで本能寺の変は当時20歳の時。墓は堺のキリシタン墓地にある。

逆臣の娘とはいえあまりにも美しく38歳という若さでこの世を去った彼女の悲運を地元民は嘆き、今日までガラシャの御霊を大切に守ってきた。

本名細川たま。三人の子の優しい母だった。聡明で知性と教養を備え、乱世の中、心の平安を求めて信仰に身を捧げた武士の妻。

ガラシャはスペイン語で恵みの意味。当時、全国に30万人もいたと言われるキリスト教徒の頂点に立っていた。

散るべきか　時の流れは霧の中　会いに行きます　ゼウスの星に　　　細川ガラシャ

しばらくして、丘の上に着いた住職はガラシャの石碑に小便をかけた。そしてうれしそうにバイクから黄色の花束を運んで来て石碑の前に放り投げた。

「なあ、バカ女。バテレンの道はそんなに楽しいか。お前はここで一人寂しく泣いていろ」

散乱した黄色の毒草を見て、満足そうに笑う住職の顔はまるで悪魔のようにギラギラ黒く光っていた。

「このたわけ者が。毒草でも食って己の人生を恥じるがいい。愚かな謀反人の娘よ」

キリスト教徒が大嫌いな住職はあたりを見回して人がいないことを確認した。

万が一、人に見られたら本部から使者が来てリストラされてしまう。

以前から生臭坊主（行いの悪い坊主）で、食べてはいけない刺身がとにかく大好物。もし刺身が食べられないなら寺から脱走しようといつも考えていた。

でもリストラだけは何が何でも避けたい。生活に困るから。

住職はもう一度あたりを見回して再び石碑に小便をかけた後、大声で笑いながら寺に戻って行った。


初夏の日差しが柔らかく肌に触れる頃。海岸を大きく突き出る防潮堤の先端に一人で立っている女性をたまたま見かけた村長、池上正太が車を止めて走り寄った。

女性の名は林マサ子。何か思いつめた様子で波のうねりを見つめている。まるで干からびた岩のように微動だにしない。

「あれ、変だぞ。あんなところで、何してる。あのおなごは。ええ？　まさかの自殺かよ」

村長は慌てて大声を出した。

「やめろ。やめろ。早まっちゃーいかん」

わめき声がしたのでマサ子が後ろを振り返った。肌が荒れてガサガサの薄汚い顔から血の気が引いている。妙に瞳が暗く沈んで全く元気がない。

「おい、早まっちゃーいかん。こんな冷たい海に飛び込んで、どうするつもりだ」

村長の叫び声がマサ子を現実に引き戻した。

「あたし、別に死ぬと決めたわけではありません。辛い過去を思い出していたんです」

艶のない長い髪が風でばらけて顔をおおう。着古しのベージュのスーツがシミだらけになっている。

「おまはんは、どこから来なさった」

「京都です」

「仕事は何してた」

「京都タワーのエレベーターガールをしていました」

「そうか、わしはこの村の村長をやっとる。自慢じゃないが資産家で土地成金じゃ。ハハハー」

マサ子は自分の目の前に立っているじいさんが大金持ちだとわかると、すぐニマッとして急に気を失った振りをした。

「おい、どうしたんだ。しっかりしろ。医者に連れて行こうか」

体を揺すったが反応がない。村長はなまめかしい女の大きな胸に触れて思わずぼっ起した。

「これはなかなかの上玉だ。ブヨブヨして肉付きがいい。この大きな太ももがたまらんのう。胸もかなり出ている。今まで見たことのない最高の豚肉だ。よし、俺様がこの豚肉を飼ってやるか。これも縁《えにし》かな。ありがたや。ありがたや。ハハハー。ハハハー」

村長はこれから先のことを考えながら運転手を呼んでマサ子を車に運んだ。

「今日のところはひとまず古寺に預けてと。少し様子を見てからアパートに囲うことにするか」

村長は成熟しきった女としっとり過ごす時間を想像して喜びに浸っている。


マサ子は寺に着くと偏屈な顔をした住職にあいさつした。住職は突然の来客にひどく困惑した。金満家の村長からの預かりものにしてはいささか対応に困る。

実になまめかしい女がこうして自分の目の前に座っているではないか。

「手を出すなよ」と、くぎを刺されても承知しましたとは絶対に言えない。これはまさに妖婦(男を惑わして色恋に引きずり込む女)の出現だった。

「なー、これも、仏のはからいじゃ。きっと良縁に間違いない。心の深い傷が治るまでここにずっといなされ」

口と腹は別物と言う。虚勢を張って威厳を示そうと背筋を大きく伸ばして住職は微笑んだ。

「ありがとうございます。しばらくお世話になります。どうぞよろしくお願いします」

深々とマサ子が頭を下げると住職はことのほかご満悦な気分に浸った。

「うーん。これは、まさに飛んで寺に来る女の肉布団か。ウッヒッヒー」

住職はこれからたいそう面白くなると想像するだけでアドレナリンが多量に分泌されて喉がひどく乾いた。早速飲み物を出すように寺男に指示すると住職は穏やかに言った。

「ところで、村長。布団や食事は寺で用意できるが、ナプキンとか化粧品とか、寺には女性の日用品が何もない。村長、あいすまぬが、明日買い物を手伝ってなさいまし」

「おお、そうか、そうか。それは気付かなかったな。ご婦人が住むには確かにそうじゃ。男と違って女には月のものがあるけん。そりゃーもちろんいるわな。でも大丈夫だ。明日、わしの車をあけてやるから運転手と買い物に行くといい。困ったことがあったらなんでも相談してくれや」

マサ子とやることばかり考えている村長の声がかなりうわずっていた。住職も平常心を失って真っ赤な目をして返事をしていた。二人ともかなりの好色家なのか。

村長はやがて自分のものになるマサ子の唇や胸の膨らみをじろじろ見ながら残念そうに言った。

「ああ、もうこんな時間になっちまったか。残念じゃ、そろそろ行かないとな。では、わしは仕事に戻ることにしよう」

マサ子は金満家にいつでもいらしてと媚びを売る。そしてうやうやしく頭を下げた。村長はマサ子が自分に気があると手ごたえを感じてか、体が大きくぶるっと震えた。

マサ子は今年36歳。独身で年増、貪欲な熟女に属する。いわゆるオバタリアンで肉付きがよくほのかな色香があふれている。老人から見ればちょうどいい年齢と体型なのかも知れない。脂肪のついた腹がしっかり出て尻がばかでかい。太ももが遠慮なしに太っているのでこのデブ女の肉感が男たちをことごとく悩殺したに違いない。

2

村長が帰ったあと、住職と寺男が本堂の隣にある宿坊について打ち合わせをしていた。

「マサ子さんを案内してあげやあ。風呂場とか、トイレとか、台所とか、食堂もな」

「おっ様。わかりやした」

寺男の増男は、はにかみながらうなずいてマサ子に優しく言った。

「あのよー。俺のあとさ、ついてこいや。ええか」

にっこり笑うマサ子は荷物を置いてそそくさと増男について行った。


二人が退室するやいなや、住職はマサ子のボストンバッグを急いで開けて中をかき回した。想像していたお目当ての下着が出てきた。

「おお、いいぞ、いいぞ。楽しいわ。実に楽しいわ。色女が寺にやって来るとはな。これがあやつの赤いパンティーでこれが黒いブラジャー。ええ、コンドームにピル（経口避妊薬）まである。これは何だ。バイアグラ（ぼっ起させる薬）にプロポフォール（鎮静剤・神経の興奮を抑える薬）もある。一体、あやつは何者なんだ」

驚いた住職は慌てて中身をしまい、バッグの口を閉めた。

「それにしても、バイアグラを持っているとはな。もしかしてあやつは風俗嬢か」

しばらくして二人が戻って来た。

「おうー、早かったのー。どうじゃ、少しは落ち着いたか」

「はい。とってもいいところですわ。あたし、お寺に泊まったことがないから少しどきどきしました。でも、もう大丈夫です」

「うーん、わかるわかる。ここは仏門の癒やしの住家じゃ。御仏がそなたを守ってくれようぞ」

住職はマサ子を裸にすることばかり考えていたので夕食の手配をすっかり忘れていた。

「おおー、もう6時か。早いのう。村長がお布施を置いていきよった。おい、5万円もあるぞ。よし、今夜は特別に仕出しでも注文しなさい。増男、今日はめでたいから鯛の刺身が食いたい。茶わん蒸しや焼き魚もな。今夜は3人でパーッと宴会やでー。ああ、これでええんかい」

マサ子は予想外の展開になってうれしく思った。所持金が少なくなり今夜の宿を朝から心配していたので、すこぶる落ち着いた気分に浸れた。

「当面は、野宿もなく風呂もあり食事もある。あとは男だけか」

村長、住職、寺男。残念なことに若いイケメンがいない。こんな山奥で若い男と肌を重ねたいと思う自分を笑ってしまった。

「とにかく、大金を盗まないとね。大金がないとずらかるにも身動きがとれやしないわ」

独り言を言っていると住職がトイレから戻ってきた。

「マサ子さん、風呂に入るか。おい、増男。風呂はできているか」

「へえ、いつでも入れまっせ」

「マサ子さん。ゆっくり風呂に入って旅の疲れをとりなされ」

「ありがとうございます。喜んで入らせていただきます」

マサ子は増男のあとについて浴室に行った。

「おい、増男。のぞいたら承知せんぞ。アハハー。アハハー」

住職は自分がのぞきたい衝動を抑えた。もし村長に告げ口されたら寺の本部から懲戒解雇を申し渡されてしまう。ここはひとまず我慢我慢と、口からこぼれそうになったよだれを手で拭った。


夕食が済むと午後8時を過ぎていた。マサ子は本堂の隣にある宿坊に行った。宿坊と言っても2階に6畳の和室が3室しかなく、1階はトイレ、洗面、浴室があり、食堂兼座敷が10畳ほどあった。宿泊者は1階で食事をして研修を受ける。2階の部屋はカギがない。マサ子は不安に思ったが、他に宿泊者がいないのでさほど心配することもないだろうと自分に言い聞かせた。

夜中に、住職か寺男が侵入してきたらどうしよう。抵抗せず体を預けた方が気持ちいいではないか。この人里離れたあばら家で大きく身をのけぞり、官能の叫び声を出す自分を想像するだけで局部が濡れてしまう。男を迎える体位が次から次へとマサ子の頭の中を駆け巡る。

「空振りは絶対いや。今夜、誰かおそってくれないかしら。汗だくになって頭がぶっ飛ぶくらいのオルガスムが欲しいわ」

マサ子が部屋の片隅で寝巻きに着替えていると住職がそっと現れた。

「マサ子はん。失礼するよ。入ってもええか。えっ、もうお休みですか」

「はい。なんだか急に眠気がおそって来て……」

住職は驚いた。マサ子がおそって来てと言っている。

「うん。そうか、そうか。わしにやってもらいたいのか」

相当、男に飢えているのだろう。金もなく流浪を続けているこの女に男がいるわけがない。ずい分ご無沙汰した胸や股が男のザラザラした太い指を待っている。力強く揉みしだかれて執拗に攻められたい様子だ。

「そうですか。そんなにおそってもらいたいのですか。それは、それは。願ったりかなったりじゃ。ヒヒヒー」

住職はマサ子の背後に回って、両手で乳房を乱暴に揉みしだいた。

「あーん。やめてー。何するの。お願いですからやめて下さい」

拒絶ではなく甘える声だった。マサ子は弱々しく住職の手をつかんで抵抗したがすべて演技だった。

「どうじゃ、気持ちいいか」

「はい。気持ちいいです」

「素直でかわいい女だ。あんさんは。喜べ、これから先この寺でずっと毎晩可愛がってやるからな。わしが丹精込めてあそこをごしごししてあげましょう」


マサ子の胸が開かれ大きな白い乳房が住職の目に飛び込んだ瞬間、いきなり怒鳴り声がした。

二人は突然の乱入者を見て体が固まってしまった。

「ええっ、村長。どうしてここに……」

振りむいた住職が驚いた。マサ子は村長に蔑視されて、恥ずかしさのあまり顔をそむけた。

「こらー。お前ら二人で、何をやっとる。おい、この女は俺が見つけた女だぞ」

怒り狂った村長が慌てふためく住職の胸倉を強くつかんでマサ子から引き離した。

「ふざけるな。黙って部屋に入りやがって、失礼じゃないか」

「馬鹿言え。このエロ坊主めが。二重人格とはお前のことを言うのだ」

「畜生。頭にきた。人がせっかく楽しんでいるのに邪魔しやがって。村長もやりたいならやりたいと正直に言わんか。金持ちだと思って少しは遠慮してきたが、ふん、ただのオス犬じゃねえか」

村長は侮辱されたので住職の顔をげんこつで殴った。するとすぐ住職が顔を真っ赤にして右足で村長の腹を思いっきり蹴った。

村長が激しく痛む腹を押さえながらゆっくり立ち上がった瞬間、マサ子がかばんの中から急いで包丁を取り出して村長に差し出した。

「村長さん。早く、これを……」

村長は必死だった。腕力では住職にかなわない。マサ子の武器の差し出しはありがたいと思った。

「包丁なんか持ちやがって。この卑怯者めが……」

住職は気が狂ったように叫んだ。怒鳴り声を聞いた村長は自分が殺されると予感した。

次の瞬間、村長が両手で包丁を腹の前でしっかり構えると住職が飛びかかろうとした。ところがせっかちな住職が布団につまずいて大きくよろけた。その拍子に包丁が首に刺さってしまった。

「ぎえー、痛い。頼む。助けてくれー」

獣の大きな悲鳴が夜の静寂を切り裂いた。おびただしい血が首から噴出した。

まるでホースで水を撒く勢いと似ている。マサ子も村長も住職の真っ赤な血を顔や胸に浴びた。住職は左頸動脈が切れてほぼ即死状態だった。白い目が大きく見開き口がだらしなく開いたまま息を引き取った。

「きゃー。きゃー。きゃー」

マサ子が叫んだ。予期せぬ殺人事件を目の当たりにして気が動転し、息が止まって体がぶるぶる震えている。

「信じてくれ。殺すつもりはなかった。わしは腹を蹴られたのでつい、頭にきて。どえらいこっちゃ。こんなことになっちまって、どうすればいいんだ。落ち着け。落ち着け。とにかく落ち着くんだ。ああ、何かいい方法がないかな」

二人は住職の死体の横でしばらく呆然としていた。

「村長さん。助けてくれてありがとう」

マサ子の意外な言葉に村長は耳を疑った。

「おまはんは、住職とねんごろになったんじゃないのか」

「違います。私が長旅で疲れて布団の中に入ろうとしたら、いきなり部屋に入って来て。この寺に住まわせてやるからおとなしくしろと言いながら、わたしの体を押し倒したのです。抵抗したら殺すとも言われて。私、怖くて声を出すことも出来なかったの」

「そうだったのか。これはすまん、すまん。わしはな、おまはんを誤解していたようだ。それにしてもなんていやらしいエロ坊主だ。仏の使いが聞いて呆れるわ。遂に仏教も地に落ちたな。第一、女の体をただで頂こうなんて100年早いわ」

その晩、二人は死体を運んで裏山に捨てた。そして血の付いた衣服をゴミ袋に押し込んで再び裏山に捨てた。村長は住職の普段着を物色してマサ子はカバンの中から汚れた青いワンピースに着替えた。

一段落すると村長は大きなため息をついて低い声で言った。

「マサ子や。とんでもないことになっちまったな。でもあれは事故なんだ。ちょうどわしが包丁を構えたら、やっこさんがこけてわしに寄り掛かって首を切った。これはまさしく正当防衛じゃ。わしらは何も悪いことしてねえ。いいか、絶対に誰にも言うな。分かったか。おまはんには近いうちにたっぷり礼をするつもりだ。楽しみに待っておれや。でっかいプレゼントを用意したるけん。ああ、もう10時か。疲れて眠くなった。それじゃ、わしは一旦家に帰ることにする。明日の朝、ここでまた話し合おう。いいな、マサ子ちゃん」

「はい、お待ちします。でも今夜は一人になるのが怖い。あの死んだ坊さんが化けて出てこないかしら。坊さんが化けたらよけい怖いわ。お寺で坊さんが死ぬなんてすごく気持ち悪い。場所が場所だけにお化けがたくさん出そうだわ」

「大丈夫だよ。どうしても眠れないならビールかウイスキーでも飲めばいい。酔っぱらってしまえば、ぐうーぐうー大きないびきをかいて眠れるはずじゃ」

初老の村長の言葉には説得力があったが、今も人殺しの恐怖が残っている。自分が包丁を渡したことは共犯者になる。事故だの正当防衛だのと叫んでみても結果は殺人罪が成立して死刑になるかも知れない。そう思うと一層不安になり居ても立ってもいられない。

「ねえ、帰っちゃだめ。あたし、一人でここにいるのがやっぱり怖い。ねえ、お願いだからあたしを抱いて」

「困った娘さんやな。でも、わしはあれがないと出来んのだよ。年寄りにはあれがないとな」

「あれって。もしかしてバイアグラのことですか」

「おう、それそれ。そいつがないとな。わしはふにゃふにゃなんだよ。ハハハー」

「心配しないで。あたし持ってます。バイアグラなら」

「ええ、ほんまかいな。なんでおまはんがそんな物を持っとる。これはたまげたな」

「いいから、つべこべ言わずに早く飲んで。ねえ、早く。お願い」

村長が家に帰りたいと思っているのは分かっていたが、ここで既成事実をつくらなければならないとマサ子は自分に言い聞かせた。

要するに今、この部屋で二人が正常位で結合することがマサ子にとって大切なことで明日につながるからだ。

この愚かなじいさんと男女の色恋の関係が成立すれば、金品は間違いなく自分のものになると確信した。長い耐乏生活に終わりを告げて、この金満家を自由にあやつりたい。折角つかんだチャンスをみすみす逃してたまるものかと心の奥底で叫んだ。

「じいさんをこのまま帰してしまうような、うぶな小娘じゃないのよ。あたしは……」

そう自分に強く言い聞かすとマサ子は意識がもうろうとした振りをして、少し口を開け舌なめずりして無言で村長をじっと見つめた。

「わかった。わかった。おまはんには負けたよ。泣く子と地頭には勝てぬわ。それじゃ仕方がない。今夜はせいぜい二人の愛を誓おうか。さあ、早く薬をくれや」

村長はマサ子が警察にタレこまないようにする為には自分の熱棒を穴に押し込むことが重要だと考えた。

「女は子宮で物事を考える。だから早く子宮にあいさつせねばなるまい。それも大至急……」

これは彼が以前通っていた高校のエロ教師が毎朝、教室で言っていたセリフだった。

「朝から晩まで役場で急増する老人の孤独死に関して会議があって頭がひどく疲れているのに、今は放浪するメス豚の相手をしなければならない。どうせやるなら、綺麗な旅館かホテルでゴージャスに一発やりたかったが、古民家にも劣るこの安普請の倉庫のような造りの部屋でメス豚を抱く自分がかわいそうだ」

夢想だにしない事件が起きて災いが身に降りかかった村長の胸の中は複雑な思いでいっぱい

だった。そして大きなため息をついた。

「ああ、背に腹は替えられない。なるようにしかならないのか。今更あがいても……」

落胆する村長はマサ子の口の中に舌を入れながら、左腕で背中を支え、利き手の右手で入念に乳房をまさぐった。バイアグラが効力発生するのにおよそ1時間はかかる。以前、30分後に突入し失敗して大恥をかいた経験がある。じっくり女体を攻めて時間が経つのを待った。そしてマサ子が降参して白旗を振るまで頑張ろうと意気込んだ。

3

承安寺本堂の奥の院（ご本尊様がまつってあるお堂）の地下に秘密の隠れ家があった。

ここは大昔ガラシャの夫、細川忠興の領内で毛利勢の侵攻を食い止める為に造られた秘密基地だった。毛利の間者（スパイ）を捕獲しては拷問し処刑したところで、中に座敷牢があり拷問に使用した木製の道具が今も残っている。広さにして10メートル四方、約30坪、畳60枚分の広さだった。これは6畳の部屋が10部屋できると思えばいい。現在は電気があり照明や空調設備もある。いつ誰が何の目的で造ったのかは不明だった。

殺された前任の住職もこの隠れ家で婦女子をわいせつ目的で監禁し汚辱した。彼は井戸に落ちて死んだというが、実際は誰かに殺されて井戸に捨てられたといううわさが後で村中に広まった。不特定多数、主に寺を訪ねてきたうら若き女性らが犠牲者となった。

以前は夜中に女の幽霊が現れて村人は夜間の外出を恐れた。

夜中に犬の遠吠えがあたりにこだますると村人は走って家路を急いだ。かすかに聞こえる雨の音。決まって雨の降る夜に、少女の泣き声がしくしくと聞こえる。

「お母さん。お母さん。わたしを助けて……」

風もなく月が出ない静まり返った深夜に、少女らの悲しい泣き声が寺の境内で聞こえた。


マサ子が自ら頭を丸め、尼に変身したのは住職が殺されて1カ月が過ぎようとしていた頃だった。寺を乗っ取り、村人からお布施を巻き上げる為だった。

「御仏に従わない者は地獄に落ちなさい。何でもいいからとにかく寄付して身も心も浄化しなければ、災いが己に降りかかることを肝に銘じなさい。寺に尽くして仏に仕えるのが村人の務め。あたくしの言葉を信じて寄進すれば怖い怖い鬼神をあたしが追い払ってあげましょう」

マサ子は自ら建礼門院と名乗り、男衆を寺に招いては酒を飲ませ、交尾しては妊娠したと偽り金品を強奪した。

「たった一晩で30万円も取られちゃー、サラ金地獄に引きずり込まれてしまうよって」

飲み屋でうわさになった。それはやがて村長の耳に入り、村長は自分の愛人が売春と恐喝をしている事実にひどく困惑した。坊主殺しが警察に分からないことをいいことに、村長とマサ子の二人が深い仲になった矢先のことだった。

連日連夜、男をそそのかしてはピルを飲んで性交渉に励むマサ子は、気の弱い男を中心に説法を聞かせる為に寺に招き、男とはなんぞや、女とはなんぞやとさんざん講釈を並べていく。気の弱い男はマサ子の問答に負けて心身ともに従うようになってしまう。夜具を共にしない男がいると、密かにすりつぶして粉にしたバイアグラをお茶に混ぜて強引に飲ませた。1時間ほどで男の陰部が熱く膨らみ激しく発情する。

「あたし、失敗しません。ピルを飲んでいるから妊娠しないの。ほんと大丈夫よ」

と、女らしくひときわ際立って妖艶な色香を漂わせた。

男なら誰でもその気になっておそいかかるであろう。その場で金の受け渡しがない。早合点した男たちはただならこの際やらないと損だと思ってマサ子の乳房にかぶりつく。

「男は、どいつもこいつもほんと馬鹿だね。世の中、ただより怖いものはないんだよ」

マサ子は高笑いしながら黒い股を大きく開いて淫らな誘惑を始めた。

7月の終わりは毎夜寝苦しい日々が続く。ねちねちべとべとの汗が体中から噴き出て安らかに眠る事が出来ない。

夜中の11時過ぎ、突然、寺に招かれざる客が現れた。

単独旅行者の加藤洋二が慌てて寺に駆け込んで来た。

「今晩は。ごめん下さい。誰かいませんか。車が故障したんで、電話を貸してください」

かなり大声を出して玄関をうろつき回る。

マサ子は不思議だった。今時、携帯電話を持っていない人間がいるなんて。老人はもちろん、小学生さえ持っているのに。いささかあきれて早く追い返そうと思った。どう見ても金を持っているとは思えない。

この1カ月、男とやり過ぎて陰部がこすれて炎症を起こしていた。今夜、この男を寝床に引きずり込んだとしてもなんの見返りもないなと判断して口にした。

「申し訳ございません。取り込み中なので、すぐさまお引き取りを……」

邪険にあしらうと、洋二が急に怒り出した。

「なあ、電話ぐらい貸してくれたっていいだろう。小銭くらいは持っているよ」

マサ子は突然やってきた自分本位の自己都合男に腹が立って目を吊り上げた。

「電話は故障中です。寺には携帯電話もありません。ですから、早くお引き取りを……」

拒絶されて洋二は開き直った。

「なんでそんなふうに言う。少しは気の毒に思って手を貸したらどうだ」

「あいにく取り込んでいます。よそを当たってください。それでは悪しからず」

すぐさま部屋の奥に戻ろうとした時、逆上した洋二はいきなり上がり込んでマサ子を突き飛ばして寺の中を家探しした。

「尼さん。ビールが飲みたい。こう暑くちゃ、イライラする。黙ってビールを出しな」

「ここにはありません。早く帰らないと警察を呼びますよ」

警察という言葉を聞いた途端、洋二は逆上した。

「警察だと。バカも休み休みに言え。どうやって通報するんだよ。電話が故障したと言ったはずだ。車が故障して身動きが取れないこの俺様に野宿しろって言うのか。お前は……」

腹が減って破れかぶれの洋二は冷蔵庫を見つけると中から缶ビールを出して一気に飲み干した。

「うまい。喉がカラカラでよ。腹も減っている。そこの年増の尼さん。何か食い物はないか。そうだ。仲良く一緒に飲もうぜ」

急にニヤニヤする態度を見てマサ子は腹の底から怒りを爆発させた。そして侮辱されて大きく取り乱した。

「いい加減にしなさい。さもないと……」

「はあーん。さもないと、なんだよ。はっきり言ってみろ。この年増」

洋二はつべこべ言うマサ子に腹をたてた。そして平手で顔を殴った。

「痛い。何するの」

マサ子は激痛が走り恐怖におそわれ足がガタガタ震え出した。

「女はよ。おとなしくしてればいいんだよ。男に逆らえば痛い目に遭うことなんて、昔から続いていることを知らないのか、おい、わかったか。わかったなら女らしくしてろ。このくそバカ女が……」

怒りが収まらない洋二は戸棚にあった粘着テープを取り出してマサ子の手をつかんだ。

「痛い。何するの。おやめなさい」

「尼さん。俺はよ。親切にされたら親切で返すが、不親切にされたら不親切で返す。そういう人間さ。だからよ、興奮すると狂ったように暴力を振るうのさ」

マサ子を後ろ手に粘着テープで縛った。

「そうそう、ずいぶん昔の事件でよ。強盗に入った男がよ。家の主を縛って粘着テープで口をふさいでさ、金を持って逃げたんだけど。家の主がよ。風邪をひいていて鼻がつまっていたんだとさ。結局、呼吸困難で主は死んだ。ドジだよな。相手のことを少しは考えろよと言いたいぜ」

大声で笑う洋二をにらみつけるマサ子の胸倉を洋二は乱暴に引き裂いた。

「すげー。でかいおっぱいしとるな。乳首がでかい。尼にしては色気があり過ぎるぜ。お前は本当は淫売じゃないのか」

洋二が再び缶ビールを持って来てごくごくと飲み干した。

「そう言えば昔、ヘルスで尼さんのコスプレをやっている店があって繁盛してたっけ」

マサ子は手が自由にならない焦りが限界を超えていた。

「ごめんなさい。どうか許して下さい。お金をあげますからここから早く帰って……」

懇願すると洋二は調子に乗って言った。

「俺は金が欲しくてやってるんじゃない。お前のその高慢ちきな態度を改めさせてやりたかっただけさ。改心したらそれでええ。俺は男だ。男には男のプライドっちゅうもんがあるのさ」

洋二は高笑いしながらマサ子の両手を自由にした。そして大声で言った。

「なあ、俺の奴隷にならないか。特別な愛の奴隷になれよ」

マサ子は従うことにした。あらがえば命が危うい。団塊の世代の息子たちは身勝手で恥知らずが多い。人様に迷惑をかけてはいけないと教育されていないからだ。

(気違いに刃物と思うしかない。今はおとなしく命令に従って、逃げ出すチャンスを待つしかないわ)

そう自分に言い聞かせた。

「くそ暑いな。体がべとべとする。おい、風呂はないか。早くさっぱりしたいぜ」

「あります」

「じゃー、湯を入れてくれ。そうだ。お前も一緒に入れ」

「いやです」

洋二が素早く顔を殴った。マサ子の唇が切れて少し血が流れた。

「奴隷がご主人さまにたてつくとは呆れるぜ。お前には地獄の調教が必要だな。早く服を脱いで俺の体を丁寧に洗え。いいか、分かったか」

洋二はマサ子の腕を荒々しく引っ張って無理やり浴室に連れて行った。

4

数日後、村長が寺にやってきた。みやげを両手にいっぱい持ってうれしそうに言った。

「おい、マサ子。喜べ。遂に極上の愛の巣が見つかったぞ」

マサ子の顔が赤く腫れている。目の下にはくまもある。少し様子がおかしいと思って村長が尋ねた。

「おい、どげんした。何かあったのか。いつものあの笑顔がどこぞに行ってしもうたな」

「いえ、別に何もありません。ほんと、大丈夫ですから……」

「そうか、そうか。心配したぞ。元気なら、それでええけどな」

村長は久しぶりにマサ子の豊満な胸を触ろうと近づいてうわずった声でささやいた。

「なあ、マサ子や。もう我慢できないだろう。熟女のお前の肌は男を待っている。これぱっかりは、性《さが》というものだ」

村長がマサ子の口を強引に吸った。マサ子は身構えたが拒否したらどうなるかを考えると甘えるふりをして身を委ねた。女の武器は温かい生肉だった。それも脂がのった盛りの激しい丸体だ。

「ええ、女じゃなー。おまはんは。柔らかくて温かい。それにいい香りがする。気持ちいい」

村長がマサ子を押し倒して胸を開こうとした瞬間、後ろから頭を下駄で殴られた。

「いてえーな。貴様。何しよる」

激痛を我慢して振り返ると洋二が立っていた。

「貴様は誰だ。いきなり殴りやがって」

村長がマサ子の顔をにらみつけた。

「まさか、お前。この男とできているんじゃないな」

目をそらしたマサ子はうつむいたまま押し黙ったままでいる。

「やかましい。じじい。ここに何しに来た」

「わしはこの村の村長だ。貴様には関係ない」

「おい、こら、じじい。バカ言ってるんじゃねえぞ。あほんだら。この女は俺の女だ。お前の汚い手でさわるな」

「マサ子はわしの女だ。貴様の方こそ口出しするな」

洋二が村長の顔をこぶしで殴った。

そしてぐったりした村長を素早く後ろ手に縛りあげた。

「へへー。こいつは金になりそうだ。奥の隠れ家でひとまず監禁するか」

洋二は村長をかついで本堂の奥にある隠れ家に強制連行した。

「じいさん。観念しろ。二度とここから出られねえぞ。わかったか」

洋二は村長を始末する予定で座敷牢に閉じ込め、さび付いた黒い大きな南京錠をかけた。村長は携帯電話を持っていたが、両手が縛られているので外部と連絡が取れない。洋二が本堂に戻りマサ子に詰問していると、そこへ村長のお抱え運転手が困惑した表情で寺の中に入ってきた。

「あのー。すみません。確か、うちの村長がこの中に入ったと思いますが、おりませんか」

洋二はうさん臭そうに言った。

「誰も来ないぞ。裏山に行ったんじゃねえのか。裏山に行って捜してみな。ここにはおらんぞ。疑うなら中を見せてやってもいいけどよ」

運転手はヤクザのような態度で話す洋二に萎縮してすぐ帰ってしまった。

「これから大変だな。家畜が増えて。えさをやらないと死んでしまう」

マサ子は震えていた。思わぬヤクザの不法占拠で自分の商売があがったりだ。

「おい、マサ子。じじいを逃したら命がないと思えよ。もうあんな老いぼれの事は忘れて俺と仲良くした方がお前の身の為だ。おい、俺に従うか」

「はい」

マサ子は蚊の鳴くような小さな声で言った。

「俺は今からじじいを締め上げる。先立つものはいつも金だからな」

得意げに言う洋二を見てマサ子はすっかり諦めた。今は脱出のチャンスがないので大きく失意した。

洋二が隠れ家に行ったのを見計らって、以前村長から受け取った500万円をかばんから取り出して急いで宿坊の裏庭に穴を掘って埋めた。いずれまきあげられるだろうと思うと、どこかに隠さなければならない。マサ子は汗をぬぐって慌てて本堂に戻った。

「そう言えば。増男さんの姿がない。ずーっといない。あれは確か、住職が死んで死体を裏山に捨てた時から突然姿を消したわ」

マサ子が不安におびえていると恐ろしい顔をした洋二が戻ってきた。

「マサ子。早く金を出しな。遂にじじいがしゃべったぞ」

マサ子は無言のまま顔をそむけた。

「おい、こら。黙っていないで。金の在りかを言え。さもないと恐怖の拷問が待っているぞ」

「金って。何のことかしら」

洋二は笑い飛ばした。金の在りかを隠し通そうとする態度に怒りが爆発した。

「おい、とぼけやがってこのくそ尼が。おまえ、村長から当面の生活費だと言って500万円を受け取っただろう。正直に言えば手荒なまねはしない。なあ尼さんよ。さっさとゲロって金を出しな」

空手が得意な洋二はマサ子の右手をつかんで思いっきりひねりあげた。

「痛い――。やめて。警察を呼ぶわよ」

警察と聞いて洋二はかーっとなってマサ子の顔をこぶしで殴った。マサ子はあまりにも大きなショックを受けて気絶した。洋二はマサ子を監禁する為、丸く太った体を肩にかついで隠れ家に行った。

「この尼も牢暮らしか。金の在りかを聞いたら二人を始末して、すぐさま外国に高飛びするか。東南アジアに逃げたいな」

洋二はやがて金持ちになれると思い、うれしそうに言った。

夜になってもマサ子は口を割らない。いきなり村長の携帯が鳴った。洋二はひどく慌てた。

「しまった。じじいが携帯を持ってるじゃん。こいつはまずいぞ」

洋二は村長の上着のポケットに急いで手を入れ携帯を探した。財布と家のカギと名刺しかない。

財布の中には1万円札が10枚あった。洋二はその金を自分のポケットにねじ込み、そのあとズボンのポケットに手を入れ携帯を見つけると急いで電源を切った。ＧＰＳがついていると居場所が分かってしまう。

突然、村長が恥ずかしそうに懇願した。

「すまんが、おしっこがしたい。早くトイレに行かせてくれないか」

「やかましい。人間様のトイレはもう使わせない。お前はそこのバケツでやりな」

座敷牢の中に青いバケツがあった。村長は仕方なくバケツで用をたした。マサ子ももよおしている。そわそわしてバケツをじっと見ている。

「なーんだ。お前もか。連れションか。そう言えばお前らはお連れ様だったな。ア、ハハー」

マサ子が恥ずかしそうにパンティーをおろし、ジャーと音をたてた。

その光景を目の当たりにした村長は洋二の言動に怒りをぶちまけた。

「いい加減にせんか。貴様のやっていることは犯罪だぞ。刑務所に送られてもいいのか」

「うるさい。じじい。お前の声を聞くとジンマシンが出るわ。ビールを取りに行くからおとなしくしてろ。妙なまねをしたら承知しねえぞ。いいか、分かったか」

洋二が座敷牢から出て南京錠をかけると二人は恐怖におののいて抱き合っていた。

「まるで動物園じゃないか。サルと豚の夫婦かよ。てめえらは……」

洋二は本堂に行った。二人は憔悴しきってひどく落ち込んでいる。

しばらくして洋二が戻ってきた。缶ビールとピーナッツの入った小さな袋を持って。

「おい、金の在りかをしゃべる気になったか」

二人は恐怖に怯えて目を合わさず無言でいた。洋二はピーナッツを投げつけた。座敷牢の正面は30センチ四方の面格子になっていて、木材で出来ている。はだか電球が一つだけついていたが、それでも薄暗く牢の中の様子がはっきり見えない。

「腹が減ったとか。喉がかわいたとか。言いたいことは明日言え。俺様はかなり疲れた」

洋二は自己満足して大声で笑った。ビールを飲みピーナッツを口一杯ほおばってむしゃむしゃ食べていた。２本目の缶ビールが空になるとかなり酩酊してか、ろれつが回らなくなった。そして眠気をもよおす。村長とマサ子はひそひそと言葉を交わした。

「いいか。わしがあいつを呼び寄せる。俺があいつをつかまえたら、お前はわしのベルトを奴の首に巻き付けろ。いいな」

村長は興奮しながらマサ子を激励した。

「わしは若いころ、柔道をずいぶんやった。だからあいつの体を引っ張るからお前は落ち着いて首にベルトを巻き付けろ。あとはわしがベルトを引っ張る」

マサ子はこれから始まる格闘を想像して大きく息をのんだ。

「もし失敗したら拷問が待っている。いいな、慌てるでないぞ」

村長はベルトをはずしてマサ子に手渡した。

「準備は出来たな。チャンスは一度しかないぞ」

「わかってます。落ち着いてやります」

村長はうなずくと大声をあげた。

「おい。大変だ。ちょっと来てくれ。マサ子が腹痛なんだ。ひょっとして盲腸かも知れん」

洋二は椅子に腰かけて眠っていた。

「うるさいな。静かにしろ」

「おい、おまはんは人の苦しみが分からんのか。もしこの女が死んだら、500万円の隠し場所がわからなくなるぞ。それでもいいのか」

「うるさいな、くそじじい。女が死ぬってほんとかよ。もし嘘だったらてめえの目ん玉を包丁でえぐり出すぞ」

洋二はマサ子の様子が気になったのかゆっくり立ち上がって座敷牢に近づいた。

「おい豚女。まじめに答えろ。ほんとに苦しいのか」

その時だった。洋二が疑いながら面格子に顔を近づけた時、村長が洋二の服を両手でつかんで思いっきり引き寄せた。

「馬鹿野郎、ふざけやがって。何しやがる。調子にのると許さんぞ」

洋二が慌てて逃れようともがいた。しかし、村長が必死で洋二の体を引き寄せる。

「マサ子。早くしろ。急げ」

マサ子は指示通り洋二の首にベルトを巻き付け、思いっきり引っ張ってベルトの先を村長に手渡した。

「いいぞ。よくやった。大手柄じゃ。マサ子、あとはわしに任せろ」

村長は洋二の首に巻き付けたベルトを思いっきり引っ張った。

「苦しい。やめてくれ。息ができない。頼む、殺さないでくれ。俺が悪かった。苦しい。放してくれ」

洋二が泣き叫んだが村長は凶行を続行した。５分経過した。洋二は抵抗もむなしく次第に体の動きが鈍くなった。顔が真っ赤になり喉を絞められて呼吸困難になり、やがて心肺が停止した。手足がだらしなく垂れ下がり、村長が持つベルトがずるずると下に引かれていく。

「やっと死んだか。ヤクザのドチンピラは」

興奮しながら村長はベルトの先を面格子に縛りつけた。

「死んだ振りして、いきなり逆襲されてもいかん。しばらくこのまま吊るしておこう」

洋二は面格子にもたれかかるようにして座り込み全く動かなくなった。

「マサ子。早くカギを探せ。やつのポケットの中にあるはずだ」

「入ってないです。右も左も」

「なんてこった。苦労してドチンピラを始末したのはいいが、ここから出られやしねえ」

困惑した表情を浮かべるとマサ子が悲痛な叫び声を出した。

「増男さん。増男さん。どこにいるの。お願い早く助けて……」

無駄だと思って村長はマサ子の声を静止した。

「あのまぬけが来るわけないだろう。呼んでも無駄だ。黄金バットじゃあるまいし。助けに来るもんか」

「いえ、増男さんはきっと来ます。だって、あたしのことが好きだから……」

「馬鹿言え。あんなアホが助けに来るだと」


少し経ってから、ドアがギギギーと鳴った。黒い影が近づいて来る。村長とマサ子は息をのんだ。味方ならうれしいが敵だったらどうしよう。そう思うと心臓がバクバク鳴った。生きるか死ぬかの判定に二人は祈る思いだった。

「あ、増男さんだ。増男さんですよね」

「そうだよ」

「ありがとう。助けに来てくれて。うれしいわ。あたし、あなたが大好き」

村長はあっけにとられて大きな口を開けたまま立っている。

「増男さん。カギがないの。早く見つけて」

マサ子の甘える声に増男は急かされた。

「ねえ、そっちの机の上にないかしら。男がビールを飲んでいたところに」

「あっ、あったよ。これでええかな。やってみるよ」

増男が大きなカギを南京錠にゆっくり差し込んだ。カチャンと気が抜けた音がした瞬間、大歓声が起こった。

「増男。でかしたぞ。うん、よくやった。お前は偉い」

村長は大喜びして座敷牢から出た。マサ子もほっとして増男の体を強く抱きしめた。

「増男さん、ありがとう。あとでゆっくりかわいがってあげるから。いい子で待っててね」

「わかりやした。俺、納屋に用があるけん。あとで会いに行くさ」

増男は村長が苦手だった。あまり話をしたことがない。村長も増男が苦手だった。

「まあ、とにもかくにもこうして自由を取り戻したというわけだが、このドチンピラを片づけないと落ち着かないな。今、ここで警察に踏み込まれたら一巻の終わりだ。二人で完璧な証拠隠滅を考えないと大変なことになる」

座敷牢の外で村長はマサ子と今後の段取りをじっくり話し合った。

5

6月28日の朝刊の紙面に海岸で村長の死体が発見されたと大きく報じられた。

「ふるさと創生の父、謎の変死体」という見出しだった。

京都府警は殺人事件として特別捜査本部を設置した。死体発見現場は防潮堤のテトラポット（波の衝撃を弱める為、海中に沈めたコンクリート）の間に挟まれていた。死因は毒殺。死体の至るところに刺し傷がある。怨恨か物取りか現段階では結論付けが待たれた。犯人は毒殺したのち、ナイフで体を十数カ所めった突きにして海に投げ捨てたと思われる。死体解剖の結果、毒物はフグの毒（卵巣と肝臓と腸を乾燥粉末にしたもの）と判明した。


「何者かが村長、池上正太氏にフグの毒を飲ませたと思われる。諸君、よく聞け。捜査の解明に不可欠なのは、誰が、いつ、どこで、何のために、どうやって池上氏を殺害したかだ。もちろん、ホシの殺害の動機も大切だが、それよりも、池上氏と接した人物の特定を急ぐ。誰かが毒を飲ませた。この線で捜査を進めれば必ず手がかりがつかめる。

推理推測も必要だが、あやしいやつを片っ端から本部に連れて来い。村長の友人、知人、得意先、商売敵、愛人、親戚、使用人。誰でもいい。

なりふり構わずどんどんショクシツ（職務質問）しろ、ニンドウ（任意同行）しろ。そして証言を積み上げろ。犯行を必ず誰かが見ている。誰かが見ていると信じて足で情報をかせげ。いいな。わかったか」

京都府警本部長、野田警視正の厳しい訓告だった。しかし、捜査員はきつねにつままれた顔をしている。誰もが困惑した表情を浮かべている。そして無言のままでいる。

「手も足も出ないのか君たちは。それでも警察官か。不眠不休の日々が続くぞ。事件が解決するまではな。もし君たちの中に、捜査に自信とやる気のないやつがいるなら今すぐ申し出ろ。私が地獄の底に送ってやる。諸君。警察のメンツにかけてホシをパクれ（逮捕しろ）。幸運を祈る。それでは全員出動しろ」

捜査員60名が会議場から出て行った。外は雷が鳴ってどしゃ降りだった。

夜11時過ぎ、捜査本部で野田警視正は丹後警察署長小山警視とコーヒーを飲んでいた。野田は56歳、小山は51歳だった。野田は思いつめた表情を浮かべた。

「ところで、つかぬ事を聞いてもいいかな」

おもむろに口を開いた野田を見て小山は一瞬身構えた。

「何か、お尋ねですか」

野田は控えめに言った。

「小山さんはなぜ、警察官になったのですか」

小山は必ず聞かれる質問だと以前から認識していたので率直に答えた。

「本官は国民の生命と財産を守る国家のしもべであります。腕力のない子供および、か弱い婦女子の安全を守る為、この身を捧げるつもりで警察の正義に賛同致しました」

予想どおりの回答に野田は不満だった。

「君は出世したいか。それともしたくないか。どっちだ」

意外な質問に小山は目をパチクリしていた。どう答えれば自分が本部長に好かれるか心配になり、その結果、返答ができなくなってしまった。

「どうしたんだ。質問の意味が理解できないのか。君は大人なんだろう」

回りくどい言いまわしに小山はムッとしたが自制した。出世街道から外れれば、この先冷や飯が待っている。警察は陰湿でいじめが多い。パワハラなんてものはパチンコの玉のように上から次々と落ちてくる。まともに相手をしたらそれこそ上司を殴り倒してしまうかも知れない。

小山は野田に対していつでも闘うことができたが、妻と子供三人がいるので何がなんでも短気は抑えた。

「出世したいです。本心です。しかし、出世よりも大切なものがあります」

「ほう、面白い意見だ。ぜひ、お聞かせ願いたいな。私でよければ」

二人は押し黙った。意外な展開に両者が興奮してきた。言っていいことと悪いことがある。上司も部下もここで失言すれば命取りになる。謝罪すればそれで済むのか。そうはいかない。警察というところは極めて陰惨な職場なので一問一答、真剣に言葉を交わさないとどちらかが崖から転落することになってしまう。いい加減で無責任な発言は自爆する運命だった。

小山は上司に背かないように慎重に言葉を選んだ。

「警察官は事件解決に奔走しなければなりません。殺された遺族の為に。犯人逮捕は絶対条件ですが、もっと大切なことは事件の本質を考察したうえで再発防止策を講じることです。いつも犯人逮捕ばかり繰り返しても時間と労力が足りません。事件が起きれば、すぐ捜査並びに犯人逮捕。事件発生から犯人逮捕までが我々の職務なのは当然でありますが、犯罪防止に尽力しなければ、国内の犯罪件数は増加の一途をたどります。

警察官の増員、刑務所の増設。裁判所の増設。犯罪産業の肥大化が招く社会の弊害。無駄な税金の消耗。警察官、裁判官、検察官、看守、それに伴う食事、清掃、医療。莫大な経費がまるで下水のように垂れ流されているのが現状です。ですから私は犯罪のない社会を作るのが警察の使命だと日頃から考えております」

小山の持論を聞いて野田は感動した。

「さすが警視だな。はなはだ理想論は天下一品だ。私も君と全く同意見だ。大いに賛同もする。称賛もしたい。だが現実は違う。現実は全く違う。なぜだか分かるか」

いやらしい言い方に小山は怒りを抑えた。ここで大声を出したら負けだから。

「やはり現実は犯人逮捕です。後にも先にも犯人逮捕以外ありません」

「そうなんだよね。犯人逮捕。それだけなんだよ。他にすることなんかない。犯人を逮捕して検察に身柄を送る。単純な作業じゃないか。作業完了後は遊んでいればいい。ここぞという時に働いて結果を出せばすべて合格なんだよ。警察というところは。

毎日仕事がなくても仕事をしてるふりをすればいいんだよ。上にペコペコして下には適当に相手をしていれば、家族を養い、安定した老後も保証されるのが警察官なんだよ。分かるか」

「はい。分かります」

「そうか。分かってくれたか。君は将来、警視長になれるかも知れないが、私の推薦がないと出世物語は露と消えることをしっかり肝に銘じたほうがいいな」

「あのう、お言葉ですが、それはどういう意味ですか」

「要するにだな、君が手柄をあげてその手柄を私に持って来るんだよ」

「分かりました。捜査に全力で当たります」

「うーん、よしよし。それでこそ、警察署長だ。君の大活躍を楽しみにしてるぞ」

「有難うございます。ご期待に添えるよう頑張ります」

話が終わると小山は深く一礼して静かに部屋を出た。

野田は厳しくはっぱをかけたつもりだが、妙に後味が悪かった。一人前に講釈を並べ警察の批判をした小山が憎い。理想論をぶちまけ得意顔になった小山が目ざわりだった。

時を見計らって近い将来必ず京都府警から追い出してやりたいと思うとこぶしを握った。

「くそー、生意気なやつだ。つぶしてやる。今に見ておれ」

しばらくの間、野田は窓の外に目をやり腹の底から小山を憎んでいた。

そして3週間が過ぎた。捜査員らの血のにじむような捜査活動の結果が報告された。

今村班　巡査部長　今村主任の報告

元村長、故池上正太氏の妻、のり子夫人62歳は京都府丹後にある、よもぎ精神病院に現在入院しています。のり子夫人の父親、池上幸四郎氏は丹後信用金庫の創始者で夫の正太氏は婿養子になります。幸四郎氏が2年前に亡くなり、それを機に正太氏とのり子夫人の仲は急速に冷え込み、夫の正太氏は女遊びを始めたそうです。

関係者、家政婦、運転手、出入り業者などの証言をまとめますと、幸四郎氏が存命中は借りてきた猫のようにおとなしかった正太氏は幸四郎氏が死んだ途端、手のひらを返すように横暴になり、妻ののり子さんに何度も暴行したそうです。

争いの原因は正太氏の浮気で、おまけに梅毒をうつされたのり子夫人は逆上して包丁で切りつけたそうです。手にけがをしたが警察沙汰を恐れた正太氏はよもぎ精神病院の院長に相談。その結果、のり子夫人に多量の睡眠薬を飲ませて、よもぎ病院の救急車で精神病院に送り込みました。

数日後、のり子夫人は筋肉弛緩剤を密かに投与され、拘束衣を着せられて幻覚剤ＬＳＤを強制的に点滴されたそうです。

やがてのり子夫人が極度の精神錯乱状態に陥ると、医師が診察してすぐ診断書を作成し、正太氏に渡しました。そして正太氏は弁護士に診断書を渡して池上家の財産すべてを手に入れました。

もともと財産目当てで結婚した正太氏は財産を手に入れ、妻を病院に隔離し、京都八坂の芸者高瀬まり子35歳を後妻にする為、本宅で同棲していました。正太氏とのり子夫人の間に一人娘、池上奈々33歳がいますが、未婚で京都にある銀閣寺の近くのマンションに住んでいます。

池上正太氏には総資産が15億円ありますが、この金目当ての殺しと断定しました。体の複数の刺し傷は怨恨と思わせる為か、毒殺した後息を吹き返さないようにする為にやったのかは現在捜査中であります。

以上

伊藤班　警部補　伊藤係長の報告

承安寺の住職の失踪について村民並びに出入り業者への聞き込み捜査で判明したことを報告します。

住職は高校を卒業すると同時に栄臨宗大山派の本山で修行僧として寺に住み込みました。住み込みから3カ月が過ぎたころ、先輩の雲水におかまを掘られてショックで寺を脱走したそうです。寺の坊主１００人が血まなこになって住職の捜索が行われ、３時間後に発見され寺に連れ戻されたそうです。そしてしばらく監禁され精神が安定したころ修行が再開したそうです。排泄願望の強い若い雲水たちは新入生をことごとく犯すことは日常茶飯事で、寺では昔から行われてきた慣習でした。余談ですが、中国の坊さんは豚のおかまを掘って処理するらしいですが、大半が性病にかかるそうです。

話は戻りまして、住職はその後も心の傷が癒えなく陰で女性遍歴を繰り返し、食べてはいけない動物を好んで食べました。中でも刺身が大好物でよく寺男に買いに行かせました。

仏事、法要等はまじめにこなしていましたが、月に一度は雄琴温泉にあるソープランドに通っていたそうです。結婚していて奥さんと小さな子供一人がいますが、妻子は東京墨田区で暮らしています。言わば単身赴任で毎月仕送りしていたそうです。

住職がこつぜんと姿を消したのは林マサ子が来てすぐのことでした。彼女を村長と運転手が防潮堤で偶然発見したと、付近にいた釣り人の証言があります。

現在、住職の安否確認に全力を挙げております。

以上

平山班　警部補　平山係長の報告

我々は伊藤班に協力して承安寺を捜索しました。寺の本堂の奥に隠れ家と言いますか、秘密の座敷牢がありました。遺留品や指紋、髪の毛など鑑識の応援をもらって捜査した結果、驚く事実が判明しました。

男性3人と女性1人の毛根の採取。指紋は4名分。飲食した者が1名。ビールの空き缶に指紋が付着していて参考人、加藤洋二36歳の行方を追っています。

続いて林マサ子36歳は京都で働いていましたが、突然、仕事をやめて網野に行くと同僚に告げたそうです。大金が転がり込んでくると喜んでいたそうです。

寺男、吉田増男25歳。以前はよもぎ精神病院に入院していましたが入院費が払えないので院長が村長に相談して承安寺がやむを得ず引き取ることになったそうです。

男性3名の毛根は村長、加藤洋二、吉田増男と断定。女性の毛根は林マサ子と断定しました。

座敷牢の中に村長とマサ子の指紋があり、座敷牢の外に村長とマサ子、加藤洋二、吉田増男の指紋が発見されたことを勘案しますと、村長とマサ子が監禁されていたことが推理できます。

おそらく、加藤、吉田両名が2人を監禁したのではないか。現在捜査を続行しています。

以上

捜査会議が進められる中、突然、髪が長く目鼻だちの美しい女性警察官が入って来た。

「緊急報告があります」

女性警察官は深く一礼して書面を刑事課長に手渡した。

場内がどよめいた。

日本全国の警察官、26万人が心から尊敬するあの憧れの警視総監三田悠城の一人娘だった。

場内は緊迫した空気に包まれている。捜査員の顔に暗い影がさした。

刑事課長の黒田が立ち上がった。

「警察庁から報告があった。全員冷静に聞いてほしい。重要参考人として浮上した加藤洋二、本名宮崎博史は埼玉県警の警察官だった。階級は巡査長で諸君は覚えているか。あの凶悪事件を……」

間をおいて黒田は大きく息を吸った。

「東京埼玉連続幼女誘拐殺人事件の犯人でロリコン、オタクの宮崎誠が２００８年、東京拘置所で死刑が執行されたことを……」

場内は驚きの渦に飲み込まれた。

「猟奇殺人。４人の小さな女の子を殺害した宮崎誠のおじに当たるのが宮崎博史、36歳だ。やつは東京都八王子の美山町に住んでいた」

刑事課長は続けた。

「諸君、残念なことに指紋が一致した。これは悲劇だ。元警察官が重要参考人だとマスコミが世論に訴えることが実に嘆かわしい。今後諸君は相当辛い目に遭うと思うが、この際我慢してくれ。辛抱もしてくれ。本当にすまんことだ」

黒田は怒りを抑えようと必死だった。憤りが喉に詰まって声が出ない。情けない感情が頭の中で渦巻く。警察官の誇りがずたずたに引き裂かれた思いがして瞳が暗く沈んでいる。

場内は頭を抱える捜査員でいっぱいだった。しばらく沈黙が続く。そして士気が低下する。

「諸君、悔しくないか。この警察の恥知らずめがどこかで生きているんだぞ。俺は絶対に許さない。必ずこの手でやつを捕まえてやる」

額に汗が噴き出した黒田は手にした報告書を乱暴に握りつぶした。

少し経って興奮が冷めた刑事課長黒田が再び大声を張り上げた。

「さあ、会議を続けよう。オオー、これまたショッキングな報告が入っているぞ。佐川警部補の報告を聞こう」

捜査員らの目がきらりと光る。急に静まり返る場内は重苦しい雰囲気に包まれた。

「お疲れさまです。佐川です。我々は黒田課長の特命を受けて、承安寺に住む林マサ子について捜査を続けました。承安寺の住職失踪並びに宮崎博史失踪の重要参考人として私の部下5名が血まなこでマサ子を追い続けました。そして驚くべき新事実が判明しました。

捜査報告は部下の桐島にやらせます。桐島、しっかりやれ」

若き桐島は長身で細く、やさ男の風貌だったが意外に芯が強かった。

「林マサ子。36歳独身は、皆さんもご存じだと思いますが。1988年7月、和歌山で起きた無差別殺人事件。実はあの和歌山毒入りカレー事件の犯人、林奈津美の長女なんです。住民4人が死亡、63人が急性ヒ素中毒にかかった凶悪事件。奈津美は実母を殺害して保険金1億4000万円を詐取。22件の保険金詐欺事件を起こし、現在死刑確定。4人の子供は養護施設に保護されました。林奈津美死刑囚の前髪から、ヒ素が検出されたと検察が強く主張し悲願の死刑が確定しました。

現在刑の執行があるまで東京拘置所で服役中です。状況証拠を積み重ねて悪魔を処刑する結果になった背景には警察庁の科学警察研究所の執念があったと本官は思います。

林マサ子は養護施設を出たあと、各地を転々としました。大阪、神戸、四国、そして京都に。ラーメン屋、パチンコ店、キャバレー、旅館等、訳アリの女をかくまってくれる仕事なら、なんでもやりました。丹後の田舎にやってきた理由は知人の男性の依頼でした。詳細は不明ですが、防潮堤にたたずめば、まとまった金を渡すという内容の手紙を同僚に見せていたそうです。金がもらえる。まとまった大金が。マサ子は世間に負けて流されこの地にやってきました。

村長の特別な世話で身も心もぜいたくになれると信じたマサ子は失踪事件に引きずり込まれていきました。エロ坊主失踪事件並びに宮崎博史失踪事件に加担したことは判明しております。後は関係者の証言と状況証拠の積み重ねが急務であります。

以上です」

捜査員たちは絶句した。負の連鎖。悪の継承。犯罪の遺伝。破滅への急降下。穏やかでない何かが働いていると感じた。人間の力では決して及ばない恐ろしい怨念。恨み、復讐。凡人が盲目的に殺りくを繰り返してしまう何かがあるのだ。

そこには慈悲も仁も道徳もなく、まるで無法地帯の中で欲望が渦巻いている。法もなく警察もなく単純に人殺しが繰り返されてしまう何かが。

捜査本部は、たたりなのか。災いなのか。悪魔の怒りなのか。考えもつかない状況に追い込まれた。

京都府警及び、丹後警察署はやがて巨大な魔物と闘う運命に引きずられていく。

6

日曜日の午後、警視総監の娘、三田慶子巡査28歳は同僚の桐島孝夫巡査長31歳と海岸を散歩していた。二人は恋人同士。趣味が歴史文学探訪で主に日本史が大好きだった。

「慶子さん。質問していいかな」

突然のことに慶子は少し驚いた。

「孝夫さん。黙秘権はありますか」

「大丈夫です。女性を辱めるようなことはしません。安心して答えてください」

彼女のあどけない表情を見て孝夫は慶子の唇が欲しいと思った。

「お笑いなんですけど。なんで交番と言うか知っていますか」

「それって、交代で門番をするからでしょう」

「交代で門番をする。なるほど。それはとても素晴らしい答えです」

「正解かしら」

「残念です。間違いです。僕ちゃんはとっても悲しいです」

慶子は笑った。窮屈な警察はいつもストレスがたまる。制服が常に身を引き締めるからだ。

「孝夫さん。あなた、お笑い芸人になった方がいいわよ」

「芸人になっても売れなくて食べていけません。僕ちゃんは口べたで人見知りするから向いてません」

慶子は笑いながら言った。

「ねえ、早く教えてよ」

「交番は警察官の下っ端、巡査の派遣先。会社で言えば平社員のたまり場です。道案内、落とし物の受付、老人、子供を保護するところで、厚い鋼板で頑丈に造られているから交番と言います。わかりましたか、お嬢様」

「知らなかったわ。交番が警察官のたまり場だなんて」

孝夫は再び質問した。

「それでは問題です。人は警察官のことをどうしてデカと言うのでしょう」

「あっ、それ知ってる。明治時代、警察官が角袖の着物を着ていたから。角袖を逆読みしてデカと呼んだのでしょう」

「ああ、おしいな。あともう少しだったのに。ほんと、お嬢様はおバカでございます」

孝夫の意外な発言に驚いた慶子は鼻にしわをつくって大爆笑した。

「正解は警察官の日ごろの態度がでかいからデカと言います。親方日の丸、日本の国家権力を大きく振りかざして、市民に対していつも威張っているからでやんす」

「なーるほど。それは相当面白い意見ね。あとで父に報告しておくわ。丹後警察署の桐島巡査長が日本の警察を批判したと」

桐島は直立不動のまま慶子を見つめた。慶子は無言のままにらんだ。

「ごめんなさいと言うとでも思ったか、三田巡査。僕は警視総監が恐くない。恐いのはあなただ」

慶子は笑いを抑えていたが我慢しきれず吹き出してしまった。

「おかしい。やっぱり、あなたお笑いに向いているわ。ねえ、漫才の吉川興業に入ったら」

「だめです。本官は慶子お嬢様を監視しなければなりません。警視総監から特命をたまわっております故に」

「嘘でしょう」

「はい、嘘です」

父の名前が出て興ざめした慶子は話題を変えようとした。そしてもうこれ以上、孝夫のおちゃらけに付き合いたくなかった。

「ねえ、歴史の再認識講座、始めましょうか」

「はい。よろしゅうございますよ」

「ねえ、徳川家康を知っているでしょう。この間、とんでもない本を読んでびっくりしたわ」

「それは面白そうですね。是非お聞かせ願えますか」

「それじゃー喜んで、お話ししますわ」

黒い瞳が輝きながら慶子は得意げに話し始めた。

「愛知県岡崎市に生まれた松平竹千代、本名徳川家康。駿府（静岡）の今川義元に人質に取られて幼少期を過ごした家康は義元の娘と婚礼を交わした。淫乱で嫉妬深く、悪妻だった夫人の機嫌を取るのに相当苦労したようね。

家康には服部半蔵という忍者がいた。女王陛下と００７といった関係に似ている。半蔵は早い話が殺し屋だった。莫大な恩賞すなわち金銀をもらう見返りに家康の無理難題につき合わされていたの。

半蔵が武田信玄を鉄砲で暗殺して織田信長を明智光秀に討たせ、石田三成に背いた細川ガラシャを自害させ、全国の大名に三成は卑怯者と言わせた。

そして関ヶ原の戦い。本来は石田三成が勝つところを半蔵が各大名と密約を交わし勝利に導いたと歴史小説に書いてあった。

ところで家康は秀吉が大嫌いだった。明智光秀のクーデターの後、たなぼたで天下を取った名古屋の百姓のこせがれが天下統一の夢を果たした。そして誰もが憧れる武士の棟梁になったことを陰で相当悔しがったそうね。

家康の女房と一発やりたいと強引に迫り、家康をかなり追いつめたエロ天下人秀吉をひどく憎んだ。仲裁に入った家康の重臣が秀吉に抗議して相当噛みついたあと責任を取って自害した。家康はこの重臣の功労にたいそう感謝して涙を流した。そしてその時復讐を心に誓った。必ず殺してやると。

〈鳴くまで待とうホトトギス〉

豊臣家の滅亡を願う家康は秀吉の遺言『秀頼をくれぐれも頼む』を完全に無視した。大阪城の地下に隠した豊臣の埋蔵金が家康はどうしても欲しかった。豊臣家を滅ぼして奪った金は7トン。それを家康は栃木県の日光に埋めたのよ。それがあの有名な徳川の埋蔵金。

あの関ヶ原の戦いの表向きの理由は明智光秀が目指した朝廷と幕府の協調だったが、実際のところは強欲な家康が豊臣家から金塊を奪う為に行われたのね。

家康は息子の秀忠に徳川の埋蔵金を建設予定地の日光東照宮の地下に隠せと命令した。後の世でもし大戦になったら軍費として全て使っていいと秀忠に告げた。

日光に埋めた金塊はアメリカの資源探査衛星に既に発見されているが、日米両政府は極秘にしている。時価総額320億円の金塊が日光東照宮の地下に眠ることを歴史学者もマスコミも知らないはずよ。

話はまた元に戻って。悲劇のヒロインあの戦国一の美女と称賛を浴びた細川ガラシャが残した言葉。

〈貧しき民よ。愛と正義と自由を求め世の平和の為に生きよ。そして何よりも涙と感動と美を忘れるな。ゼウスはいつもあなたの心の中にある〉

秀吉のキリシタン弾圧が進む中、隠れキリシタンである前田利家と第一次朝鮮出兵後の和平交渉に訪れた朝鮮国の交渉人、沈惟敬《ちんいけい》が共に秀吉殺害計画を話し合った。沈惟敬は和平交渉の対談の折、秀吉に無味無臭の白い粉であるヒ素を密かに飲ませて毒殺に成功した。時代は大きく変わり秀吉の死をきっかけに第二次朝鮮出兵は中止された。

細川ガラシャ、本名細川たま。明智光秀の次女。ガラシャはスペイン語で『恵み』の意味。謀反人の娘として世に知れ渡り、夫である細川忠興に離縁された。3人の子を産んで38歳の若さでこの世を去った。

細川忠興はガラシャを丹後市弥栄町に幽閉したのち、淫らな5人の側室と毎晩交尾していたと言う。

忠興は家康の密命を受けて石田三成がガラシャを人質に取ったらガラシャに自害するよう指図した。

そして計画どおりガラシャが自害すると全国の大名はガラシャの死に心を打たれ、三成を卑怯者とののしった。家康の卑劣な策略が勝利したのち、血も涙もない忠興は家康から九州の42万石の領地を賜り一大大名にしてもらったの。

妻を離縁し、妻を貧困の底に叩き落とし、己の出世だけの為に妻の命を悪魔に売った男。女を利用して栄耀栄華を手に入れた最低の男、細川忠興。私はこの男が大嫌い。

これはあまりにも悲しい事件でした。終わりでーす」


二人は白い砂浜に腰をおろして青い海を見ていた。

「そうそう、あなたに個人情報があるんだけど。聞きたい？」

慶子はいたずらっぽい目で孝夫を見つめた。

「個人情報って何。是非聞きたいな」

「どうしようかな。大した情報じゃないけど。まあ、下世話な話になるけどね……」

「何でもいいよ。あのさ、言い出したらもったいぶらずに早く聞かせろよ」

慶子は少し迷ったが、愛する孝夫が耳を立てて聞く態勢に入ったので話し始めた。

「じゃー、話しちゃおうかな。でもこれは絶対に秘密よ。もしこの話が広まったら、私が大変な目に遭うかも……」

「秘密は絶対に守るから、早く聞かせて」

「それじゃー、秘密厳守ということで。孝夫さん、いい、約束を守ってよ」

慶子は海を見つめながら以前聞いた意外な個人情報を思い起こしていた。


それは京都府警丹後警察署の捜査一課権田宏和刑事47歳独身の出生の秘密事項だった。彼は岐阜県笠松町の刑務所で生まれた。彼の母親はキャバレーのホステスをしていた。店に来る麻薬密売人から覚せい剤を購入して、同僚のホステスのタレ込みで岐阜県警に逮捕された。

彼の父親は地元暴力団の組員で、夫婦で覚せい剤を乱用して出来た子供が権田宏和だった。服役中なので母親は警察病院で手錠を掛けられたまま権田を出産した。

その後権田は乳児院に預けられ、里親に引き取られた。里親は京都の舞鶴港の近くにある大きなホテルの経営者で奥さんが不妊症の為、権田を引き取り我が子のように育てた。権田は真面目な性格で義母を喜ばせた。大学卒業後、京都府警に入り、現在刑事として活躍している。

この情報は慶子の同期の吉川明美が彼女の叔母にあたる人から聞いた有力な情報らしい。叔母は警察病院で権田の母親が出産する時に立ち会ったまぎれもない生き証人だった。

「だから、権田刑事は陰気でいつもびくびくしていて、猜疑心の強い目で人を見るのよ。恐らく、自分の出生の秘密がもれていないか、いつも不安な毎日を送っているんだわ。ねえ、孝夫さん。話を聞いて驚いたでしょう……」

「びっくりして腰が抜けたよ。人にはそれぞれ暗い過去があるんだね。しかし、手錠を掛けて権田刑事を出産させるなんて僕は絶対許せないな。人権というものがあるはずだ。君の話を聞いて、僕の心臓が今もバクバク鳴っているよ」

二人はしばらく海を見つめていた。風がゆるやかに流れて頬を撫でていく。うっとりした気持ちになって慶子がおもむろに口を開いた。

「ねえ、孝夫さん。正直に答えて。ねえ、あなたは出世したいの」

意外な発言に孝夫は言葉をなくした。

「ねえ、聞いてるの。あなたは出世したいの」

孝夫は慶子の顔を平手で殴った。

「痛い。暴力はやめて」

孝夫が怒りを抑えきれず、再び手を振り上げた。慶子はその手をつかんだ。

「今までずーっと、君と結婚したいと思っていた。でも今の一言で僕の気持ちが変わってしまった。うぬぼれるのもいい加減にしろ。出世したくて警視総監の娘と交際してるんじゃない。僕を馬鹿にするな」

「ごめんなさい。許して」

孝夫は感情を抑えて言った。

「今日まで、君を見て生きてきた。君を見ている自分が好きだったから。でも、これからは君のいない人生を送ることにする。僕は君を利用する為に恋人になったんじゃない。出世なんて僕は望んでいないよ。これは本心だ」

孝夫は立ち上がると無理に笑って小さく手を振った。

「バイ、バイ。これが最後かも……」

孝夫の目に涙がいっぱいたまっている。慶子は己を恥じた。そしてもう一度謝罪しようと思って顔をあげた時には孝夫の姿はなかった。

自分を利用して出世しようとする男は次から次へとやって来る。純粋に自分を愛してくれる男性が孝夫だと知った時、慶子は自分が恥ずかしくなって良心の呵責に耐えていた。

「わたし、なんてひどいことを言ったの。どうしよう、愛する孝夫さんを傷つけてしまった」

後悔の涙が目にあふれてくる。こんな時、すぐ父に電話したくなる自分が大嫌いだった。


それから、1カ月が過ぎた。丹後警察署の捜査一課の桐島孝夫は佐川警部補の捜査指令に従って山狩りを行っていた。警察官70名が承安寺の境内及び寺の周辺を捜索していた。事件に関する有力な物的証拠を得る為だった。警察犬が5匹、山を登ったり降りたりしながら、犯罪の臭いをかぎ回っている。鑑識課員8名が金属探知機で地面をなでている。捜索は1週間の予定で行われた。

報道機関各社がネタ欲しさに寺の周辺に張り付いている。中継車も5台、エンジンをかけたまま待機している。舞鶴ＴＶの容姿端麗な女子アナがコーヒーを飲んでいた。カメラマンは世紀の一瞬、スクープ写真を手中に収めることに躍起になっていた。

「出るかな。出ないかな。ああ、もう分からへん。ああ、とにかくガイシャが出ますように」

「バカ。出るに決まってるじゃん。出なきゃ、俺たち、次の仕事ねえぞ。おい」

捜査現場をうろつきまわるテレビ関係者の会話だった。

警察の無線を傍受した男が突然、中継車の中から飛び出てきた。

「おおう。喜べ。出たぞ。ガイシャが。男の死体だ」

あたりが騒然となった。人の叫び声が連発する。どよめき、慌てふためき、スタッフが走り回る。各自が自分の持ち場を固めるのに必死だった。

「出たって。本当か。男の死体か」

歓声があがった。本社から携帯が鳴りっぱなしだ。ディレクターがカメラマンに命令した。

女子アナも化粧をチェックして長い髪をブラシでといだ。

「ＯＫです」

女子アナが大きくうなずくとスタッフが石段を上って寺に進んだ。上空がかなり騒がしくなった。

「まあ、それにしても早いなー。嗅ぎつけるのが。はあー、なんだ。うちのヘリかよ」

午後3時を過ぎている。本社は特番を急きょ組んだ。視聴率が上がるからだ。視聴率が上がれば広告収入がアップする。

　この銭儲けのお祭り騒ぎとは裏腹に孝夫は懸命に捜索を続けた。

　警察犬、ロッキーが大声で吠えた。寺の西側で女の死体が発見された。青い服の鑑識課員がカメラのシャッターボタンを押した。孝夫は女性の顔をのぞきこんだ。乱れた衣服に血と泥がにじんでいる。残酷極まりない犯行によって尊い命が奪われた死体が無言のまま地面に横たわっている。長い髪が顔を覆い隠していた。あごの下に小さなほくろがあった。

「ええ、まさか。まさかこんな事が……」

　我が目を疑って孝夫は大声で叫んだ。

「まさか。慶子さん。嘘だ。嘘に決まってる」

　孝夫は死体に触れてしまった。鑑識課員が叫ぶ。

「こらー、さわるな。状況が変わってしまうぞ」

　それでも顔の髪の毛を少しずらして孝夫は息をのんだ。

「慶子さん。どうして君がこんなことに……」

　空前絶後の驚き、痛ましい腐乱死体は警視総監の娘、愛する三田慶子巡査だった。

　無線を聞いた捜査員全員が慌てて殺害現場に駆け付けた。身元の確認が取れた慶子の訃報はすぐさま東京にいる警視総監に伝えられた。

「大変だ。大変だ。どえらいことになったでー。これは大事件だがや。この村がひっくり返ってしまうぞ」

警察署長の小山警視が慌てふためいた。

「三田さんを病院に搬送してくれ。お母さんにすぐ連絡しろ。総監がこちらに向かわれる。ホテルの手配も頼む。おい、なんで俺がこんなことをしなきゃいかんのだ。そうだ。女にやらせよう。おい。婦警を三人連れて来い。ああ、胃が痛くなった。誰か胃薬をくれ」

「署長、今は婦警と言いません。女性警察官です」

捜査主任が口をはさむと署長が怒鳴った。

「バカヤロー。こんな緊急時に何言ってんだ。この際何でもいいだろう。うるさいやつだな。お前はつべこべ言ってないですぐやれ。おい、今夜は徹夜だぞ。全員、家に帰るな。ああ、また胃が痛くなった」

署長は警察署に戻って京都府警察本部と連絡をとらなければならなかった。寺の周辺はパトカーや警察車両、救急車、報道関係者の車両であふれている。警察官が緊急増員され辺りが真っ暗になるまで捜索が続けられた。

これまで寺で発見された死体は寺の住職と宮崎博史と三田慶子の三人だけで、村長は海岸で死体が発見されたので、残るは林マサ子と寺男の増男だけになる。

二人が行方不明のまま月日が流れた。凶悪事件はその後、手がかりがつかめないまま捜査は暗礁に乗り上げてしまった。

苦しい日々が続く。手も足も出ない捜査本部は世間の非難を浴びていた。

「あの事件の日から今日で1カ月が過ぎます。連続殺人事件の重要参考人の林マサ子と吉田増男の身柄確保のないまま、丹後警察の捜査員たちは一体何を考えているのでしょう」

テレビのワイドショーは視聴率競争に勝つ為に警察にとって、うれしくない番組内容で視聴者に切り込んだ。当然、世間の目に警察の無能ぶりを焼き付けてしまう。

「なんであの寺で殺人があったり、女の警察官が死ぬのか。不思議だべ」

村人は夜間の外出を控えた。昼間もなるべく一人で行動することを嫌った。子供も女も特に寺の周辺ではびくびくしていた。当然、寺に近づくものは誰一人いない。

寺の周辺は今も黄色のテープが張られ、現場保存の為警察官が2名無言で仁王立ちしている。

三田慶子が惨殺されて月日が流れた。初七日が済み、四十九日の法要が自宅でしめやかに行われている最中に丹後警察署から連絡が入った。

「三田慶子殺害の容疑者、桐島孝夫が逮捕されました」

慶子の母親はその一報を聞くと悲痛な叫び声を出して泣き崩れた。同席の警察官は深く一礼して足早に捜査本部に戻って行く。空虚な広間で法要は続けられた。しかし、そこには警視総監三田の姿はなく母親の芳子と祖父母と3名の親戚だけが残っていた。

「犯人が捕まったって。これで慶子ちゃんも浮かばれるわな。よかった、よかった」

涙ぐむ祖母の言葉にまわりがもらい泣きした。

「警察官が警察官を殺すなんて絶対に許せない。みんな一生懸命働いているのに。なんてひどいことをしやがる。俺が絶対に死刑にしてやる。死刑確定までとことん騒いでやるからな。慶子ちゃん。待ってろよ」

祖父が泣き叫んだ。

事件発生からこの苦しみは終わらない。おそらくこの苦しみは遺族全員が他界するまで続くのだろうか。

7

丹後警察署の2階の捜査本部で大勢の捜査員がどよめく。

「バカヤロー、桐島がホシだって。バカも休み休み言え。一体どこのどいつだ。デマを流すやつは。あの桐島に限って殺しをやるわけがない。絶対に何かの間違いだ」

上司の佐川警部補は激怒した。周囲の警察官は動揺して言葉が出なかった。

「今から捜査会議を始める。全員席に着け。極めて重要な問題だ」

まさしく怒鳴り声だった。刑事課長の黒田の形相を見て捜査員が緊張した。

「全員いるか。それでは始める。鑑識の話が先だ。みんな真剣に聞け」

鑑識の発表が始まった。

「三田慶子の死体を司法解剖した結果、彼女の性器に体液（精液）が残留していました。犯人は彼女を強姦したのち、ナイフで心臓を一突きで殺害したと思われます。両手首、両足首がひもで縛られた痕跡があり、監禁して強姦して刺し殺したと考えられます。胃の中には残留物がほとんどなく、しばらく食事がない日々が続いたと思われます。死亡推定時刻は、死後硬直がかなり進行していますから、恐らく殺害されて1週間は経過したと思われます。

精液をDNA鑑定した結果、桐島孝夫のものと一致。三田慶子殺害の犯人は桐島孝夫と我々は断定しました」

鑑識の報告が終わると場内は騒然とした。黒田は大声で続けた。

「さきほど、警察庁から京都府警を通じて連絡があった。今回の桐島逮捕で警視総監は辞任された。表向きは辞任だが政府の圧力があって罷免されたのだ。政府は事態の収拾がつかないので首を切ったと思われる。度重なる警察官の不祥事にけじめをつけたと推測できる。

元警察官の宮崎博史の死、三田巡査の死、そして容疑者桐島孝夫の逮捕。警察官が関わる凶悪事件発生で警察の威信は地に落ちた。まったく話にならない。警察は何をやっているんだと、世間が白い目で我々を見ている。

マスコミもここぞとばかりに警察を非難して火に油を注いでいる。国会の与党議員も野党議員も警察を一度ぶっ壊して再生しろと叫んでいる。諸君これでいいのか。このままでいいのか俺達警察は……」

黒田は語気を強めた。

「いいか。絶対にお宮（迷宮入り）にしてはいかんぞ。残るは林マサ子と吉田増男の発見だ。やつらの行方を追え。とにかく時間がない。再度、捜査方針を確認しろ。やみくもに走り回って、手がかりがつかめないようでは、まったく幼稚園の運動会だと笑われるだけだ」

午後6時を過ぎている。捜査員たちは疲労を隠して捜査本部の会議場から出て行った。

空っぽになった会議場で署長が黒田に言った。

「どうもおかしい。何か変だと思わないか。どうしてあの寺で殺人事件が連続で起きるのか。よく考えてみたまえ」

「まったく、その通りです。あの寺に不吉な何かがあるんでしょうか」

「これは、科学や物理では考えられない、恐ろしい何かが暗躍していると思う。人間が寺に踏み込むと狂人になって殺しをやる。寺に入った者だけが死んだり殺したり。しかし、不思議なことだと言っているわけにもいくまい。何とかしないとな。いい方法はないのか」

署長が困惑した表情を浮かべると黒田の声も低くなった。

「これはやっぱりたたりですかね。毛利の残党があの寺で十数人斬首刑にあったとか。戦時中、疎開した40人の子供たちがあの寺で集団赤痢で死んだとか。昔からの言い伝えがこの村に残っています」

「しかし、人を殺すのは人間の仕業であって、妖怪が現れて人が殺されたのとは違う。妖気が人の中に入って自在にあやつったとか、妖怪と人間が一体になって人を殺したのか。そこらへんがよく分からんな」

「まったく同感です。ふつう、怨恨もしくは物取りなどの目的で人を殺しますが、今回の事件はあの荒れ果てた寺がまるで悪魔の巣窟のような気がします。あの寺は夜になると空から竜の魔物がおりて来て人間を殺しては生けにえにしているのではないでしょうか」

「おい、やめないか。寒気がするよ。君の話は。もう少し現実的になれないのか。子供じゃあるまいし。君は警察官だろ。もっとまともな考えはないのかね。君、少年マガジンはもう古いよ」

二人は笑った。馬鹿馬鹿しいとはわかっているがどうも腑に落ちない。もどかしさや、じれったさが喉の下でミミズのようにじわじわ動いている。

「気持ち悪いよな。いい加減にしろって叫びたいよな。ほんと、むしゃくしゃする。俺は警察官になったことを今では後悔しているよ。学校の先生が良かったな。ああ、俺は人生を間違えたかも知れん……」

　署長がため息を漏らした。汗ばんだ黒田の顔には疲労感が漂っていた。

　3階の取り調べ室で桐島孝夫が机に頭をつけていた。窓には大きな鉄格子がはまっていて逃げられない。ねずみ色の机はかなり古く、よく見ると机の上や脚がでこぼこで傷だらけだった。ここで、殴ったり、蹴ったりの暴行を受けた犯人たちの泣きっ面が思い浮かぶ。刑事たちは、やってもいない人たちに暴行を加え自白を強要したことが窺える。まさに拷問のステージだった。

「僕はやってません。本当です。どうして僕が三田さんを殺さなければならないんですか」

「バカヤロー、こっちが聞きたいわ。お前は彼女を憎んで殺した。そうだろう。素直に吐いちまえよ。いいか、お前には死刑が待っている。10年、20年でシャバに戻れると思ったら大間違いだ。お前には頭の悪い国選弁護人をつけてやる。こっちは東大出の頭の良い検事が出番を待っている。裁判所もお前の味方をしないぞ。スピード判決で死刑確定、法務大臣が署名してお前は東京拘置所で絞首刑にされる。どうだ、うれしいだろう。

　全国26万人の警察官のトップのお嬢さんを殺した大罪を真摯に償え。そしてあの世でお嬢さんに謝罪しろ。わかったな」

　取り調べに当たったのは泣く子も黙る鬼刑事、権田刑事だった。彼は生え抜きのベテラン刑事で無実の人を何人も刑務所に送っている。

「お前はな。保健所に捕まった野良犬同然なんだ。いいかよく聞け。野良犬は炭酸ガスを5分間吸わされてあの世に行くんだとさ。もうこれは運命で、お前はここから生きて出られないのさ。よーく考えてさっさと言え。俺がやりましたと。その方が気持ちがすっきりするぞ」

「僕は絶対にやってません。信じてください」

「強情なやつだな。まあいい。お前がやったことにして書類を書くからサインしろ。素直にサインしたら、極刑だけは俺が止めてみせる。いいか、一旦裁判を受けて裁判所で身の潔白を主張しろ。ここであれこれ言い張ってもらちがあかねえ。必ず俺が助けてやる。いいな、桐島。早く黙ってサインしろ」

孝夫は生きる希望をなくした。愛する三田慶子が殺されたのでもうどうでもよかった。死刑になって天国に行ったら、慶子に会えるかもしれない。自分はやっていないから、慶子も喜んで会ってくれるものと信じた。そして止めどもなくあふれる涙を手で拭いながら無言で書類にサインをした。


結果はすぐさま署長の耳に入った。

「そうか。やっこさん。遂に吐いたか。うん、よくやった。これで一つ片付いたな。やっこさんはやがて縛り首になるのか。ほんと気の毒になあ」

「署長、縛り首じゃないですよ。絞首刑と言います。縛り首は首にロープを巻いてロープを引っ張って吊るすんですよ」

「いつも、うるさいやつだな。お前は。同じことじゃないか。どのみち死ぬんだから」

署長と刑事課長が話していると大声が聞こえてきた。孝夫の父親だった。

「みんな聞いてくれ。息子は無実だ。頼むから返してくれ。金ならいくらでも払う。田畑を全部売ってもいい。早く息子を返してくれや。このとおりじゃ」

警察署の受付で泣き叫ぶ孝夫の父は座り込んだ。

「おい、誰か。バケツに水を入れて持ってこい。このじいさんの頭を冷やしてやりな」

しばらく経ってから冷たい水が入ったバケツがひっくり返された。

「何しやがる、てめえら。ふざけやがって、俺を誰だと思っている」

署長が怒鳴った。

「いいか、じじい。警察の玄関で騒ぐと、公務執行妨害で手錠をかけるぞ」

「何、あほんだら。やれるもんならやってみやがれ。ぼんくら警察官」

「おい、早くぶちこめ。うるさ過ぎるぞ。この老いぼれは……」

孝夫の父親は4人の警察官に取り押さえられ、ひとまず留置場に押し込まれた。

「親が親なら子供も子供だ。全くあきれてものも言えんわ」

署長は2階に上がって行った。残された署員はやりきれない気持ちで職務にもどった。誰も何も言わない。つい、最近まで同僚だった警察官が取り調べを受けている。何とも複雑な気持ちが署内を漂っている。息苦しい、そんな中で署員はうつむいたままひたすら仕事に追われていた。

8

映画『悪魔の幻想曲』が終わると高木信行は大きなため息をついた。映画館には興奮が冷めないのか観客が大勢残っている。余韻がまだ残っているのだろう。

午後6時過ぎ、初老の信行は外に出た。急に現実の世界が広がる。夕暮れ時で人々は仕事を終え、家路を急いでいる。せわしい盛り場の雑踏をかき分けて混雑する電車に乗った。

信行は61歳。愛知県警熱田署を最後に去年定年退職して寂しい日々を送っていた。信行は高校卒業後警察官になってずっと刑事畑でやってきた。

妻と子供二人の四人家族。長男は愛知県警機動隊に配属され、次男は私立高校の日本史の教師をしていた。長男は31歳、結婚して2歳の男の子が一人いた。次男は独身で29歳、目下恋愛中で近々結婚する予定だった。妻博子は心根が優しく警察官の妻として実直に家庭を守ってきた。

「お父さんに迷惑をかけてはいけません。警察官の子供として正しく生きてください。もし、犯罪行為をして警察に逮捕されたら母さんは自害しますから……」

二人の息子は法の定めを守ることから教えられたと言ってもいい。子供の不祥事で夫が辞職することや警察官の妻としての誇りを失うことが悲しい。夫を支え、子供を立派に成長させることだけを使命と信じて博子は生きてきた。

「20歳までは親の責任。あなたが悪いことしたら母さんが代わりに刑務所に行きます。でも20歳を過ぎたらもう立派な社会人。自己責任であなたが自分で罪を償うのよ」

賢母は事あるごとに子供に言い聞かせた。

「当たり前のことが当たり前のようにできなくてはだめ。しっかり人生を歩んでください」

子供たちはいつも叱られた。そんな光景を目にして信行は博子に注意した。

「君は、少し厳し過ぎないか……」

以前、博子に文句を言ったことがあったが、反対にひどくやり返されてしまったことを思い出す。

「黙っていてください。あなたは何もわかっていないわ。子供のしつけや教育が何かを……」

博子は家庭を顧みず毎晩帰りが遅い信行をいつも責めた。

しかし、男が惚れた仕事に没頭することがなぜ悪い。社会正義の為に闘っている。嘘つきの政治家が賄賂を貰おうが、医者が医療ミスで患者を殺そうが、小学校の校長が児童ポルノで逮捕されようが、そんなことは全く関係がない。殺人という凶悪事件の真相究明に奔走することだけをいつも考えていた。

「健一。女は顔じゃないぞ。女は性格が大事だぞ。心根の優しい女が一番だ」

随分前に長男に言った言葉を思い出した。

「結婚相手には必ず調査がある。相手の家族に検挙歴、逮捕歴があると俺が呼び出しをくらう。無理強いすると俺が辞職しなければならない。万が一、引っかかってしまったら、お前は結婚を諦めなければならない」

「分かってるよ、父さん。何も心配しないでいいよ」

健一と話したことが今よみがえった。

「あいつはまじめなやつだな。誰に似たんだろう」

「私に決まってるわ。これは遺伝でしょうね」

博子は得意げに笑った。

夜の8時過ぎ、晩ご飯が済んで信行は一人座敷の奥でタバコを吸っていた。

そして今日鑑賞した映画をじっくり振り返っていた。

「確か、あの事件は2年前に実際にあった事件をもとに作られているな。しかし、なんか、変だな。事件は迷宮入りしたままでその後の捜査の進展が見られない。やる気がないのかな、京都府警は……」

次第に事件に吸い込まれていく。特に細川ガラシャのことが気になっていた。

「戦国一の美女。３人の子供を残して38歳の若さでこの世を去った明智光秀の次女か」

日本人の多くは明智光秀が謀反人と認識するようだが、信行の歴史認識は全く違っていた。


極悪非道な織田信長が仏教の聖地比叡山延暦寺の１２００人もの僧侶を焼き殺したこと。信長のげきりんに触れて光秀がへき地に左遷されたこと。狂人信長の蛮行に光秀の家臣の多くが不満を持ったこと。そして家臣1万人が食べていけなくなるや、信長を倒して家臣とともに天下を治めようとした勇猛果敢な武人明智光秀。

乱世と下剋上の世に身を投じた保守派で尊王派の光秀。信長の朝廷軽視と仏教弾圧に絶望して、幻の城、安土城の築城に明け暮れる信長を打ち取り、幕府再興を夢見た教養と才気のある光秀。

主君といえども明智軍が生き残る為に本能寺を急襲したことに異議を唱える者はいない。ただ、秀吉が毛利と和議を結んですぐさま帰還するとは思っていなかったことが大きな敗因だったかも知れない。もし光秀が秀吉軍に勝っていたら今日の歴史は光秀を英雄扱いしたであろう。

現代で言えば、専務取締役が社長を追放して会社を乗っ取ることとよく似ている。

食うか、食われるか。家族や家臣達の生活を熟慮すればやはり反旗をひるがえすしか他に道はなかった。おめおめと自滅の道をたどるよりも大きな賭けに出たのだ。
光秀がもう少し根回しをして多くの味方を集めていたら、貪欲な百姓のせがれである秀吉に打ち負かされずに済んだかも知れない。

〈勝てば官軍、負ければ賊軍〉
負けた者が必ず非難を浴びるのは世の常。

いつの時代もそうだった。戦争に負けた日本もそうだ。ドイツもイタリアも結局のところ莫大な戦争賠償金を支払った。そしてその賠償金のつけがすべて国民に回った。

退官後、信行は天下り先がなく、ようやく小さな警備会社に勤めが決まってほっとしている。警部補で終わった警察人生。長男の健一にはせめて警視すなわち警察署長まで昇りつめてほしい。

退職警官は天下り先が実に多い。各企業が求めている理由は、東京の桜田門の警察情報を手に入れたい為だった。例えば、入社受け入れの際、履歴書を見て本人の氏名、生年月日を以前部下だった警察官に電話で連絡してその警察官が情報センターに照会する。2分でアンサーが返ってくる仕組みだ。天下りした警察官は企業の総務部に所属して個人の犯罪歴の有無を確認するのが主な仕事だった。

警察官の上司部下の関係が密接で部下を管理できない上司は、いつも責任を取らされていた。そういう上下関係が厳しい警察を退職しても、へその緒のように先輩後輩はつながっていて、そこには深いきずながある。

数年前、ある警視総監がパチンコ団体に天下りして社会の猛烈な批判を浴びた。

天下りとは何か。要するに便宜をはかって破格の報酬を得ることを言う。警察内部の情報を売ったり、現職警官に調査を依頼したり、許認可を早くしたり。金の為に魂を売るやからが実に多い。そこには残念なことに社会正義はみじんもない。

信行は再就職の折、桜田門の個人情報の確認作業及び捜査状況の進展調査の依頼は、がんとはねのけた。

まさに「堅物」という言葉が似合うのが高木信行だった。


日曜日の朝、信行は妻博子に丹後の友人に会いに行くと言って家を出た。

突然の行動に博子は不機嫌な目をしたが、元来の刑事魂が再燃したと思うと引き止めるのをやめた。無理にあれこれ言ってもおとなしく家にいる性分ではなかった。何か大きな獲物を狙う目をしていたので、博子は成果を期待することにした。

「お父さん。もう若くないんですから。格闘だけは絶対やめてくださいね。健一の立場もありますから……」

顔は笑っているが心の底では問題を起こさないでくれといった目つきが鋭かった。

長年、夫婦を続けていると、二人の間にはある空気が流れていて意思の疎通がはかられてしまう。結婚して30年も経っているからお互い何を考え何を求めているのか、おのずとわかってしまうのが夫婦なのかも知れない。

名古屋を頑張って朝早く出たのに京都府丹後の網野駅に着いたのは昼の1時過ぎだった。駅で客待ちをしているタクシー運転手が信行の行動をじろじろ見ている。よそ者とすぐにわかったのか。会釈して利用を勧める。いくらかかるのか見当もつかない信行は料金をあらかじめ聞いてから乗車しようとしたが、カードＯＫのステッカーを見てか安心して素早く乗り込んだ。

「承安寺はわかりますか」

「知ってるよ。お客さん。そこだけかい」

「そこだけです」

信行はほっとした。バスを使う予定だったが、せっかちな性格が表れて考えが変わってしまった。車で目的地まで行けることを確認したらもはや金がいくらかかるかは問題ではない。遠くに来て何かと不安が募る。東西南北も分からず地理に詳しくないからだ。

信行は早く目的地について聞き込みがしたい衝動にかられた。

「お客さん。もしかして刑事さんか……」

驚いた信行はルームミラーに映る運転手の目を見た。

「もと、刑事です。去年退官しました。しかしよくわかりましたね」

「そりゃー。あの事件以来、警察、週刊誌、テレビ局、作家、映画監督と大勢わんさか、やって来たからね」

「そんなに多くの人が来たんですか」

「そうそう、中には綺麗な女優さんもいた。俺はイケメンの男優を乗せましたよ」

「そうですか。そんなに賑わったんですか」

「刑事さん。映画観ました？　あの、あれは……」

「『悪魔の幻想曲』でしょう。私は名古屋で観たんですよ。とても面白かった……」

「どういうところが……」

「ドキュメンタリー映画みたいで、すごくリアルだった。あんなこと本当にあったんですか」

「あの話はここで起きた事件を基にして作ったよ」

「確かに不思議なことばかりです。しかし、きっと何かが隠されています。その謎を解きに来たんですが、うまくいくかどうか、なんせ退職した身ですから……」

「大丈夫だよ、刑事さん。昔取った杵柄《きねづか》と言うじゃないか。そうそう、俺推理小説が大好きで、何か手伝うことがないかね。名刺渡しておくからいつでも連絡くれや」

「すまないね。捜査の協力を申し出てくれて。ありがとう。感謝します」

信行は突然ひらめいた。この地元民から何か情報が聞き出せないか。ひょっとしてひょっとするかも知れない。

「ところで、運転手さんは酒を飲みますか」

「酒か。もちろん、浴びるほど飲むけど。それがどうした」

「今夜はこちらに宿をとります。よろしければ一緒に一杯やりましょう。できれば、静かな民宿を手配してほしい。済まないが探してもらえないかな」

「がってんだ。喜んで探すよ。今日はただで酒が飲めるなんて最高だな。しかし刑事さんは気前がいいと言うか。太っ腹だぜ」

「あの、もう一つ、お願いがあります」

「なんでしょう」

「あの映画に出てくる人物や当時のうわさ話。とにかく何でもいいです。是非話が聞きたい。私は名古屋に住んでいましたから事件のことはさっぱり分かりません」

「旦那。がってん承知だ。五、六人連れて来ようか。よくしゃべる俺のダチを……」

「是非、お願いします」

信行は段取りがうまく進んで安堵した。

20分ほどして寺の下まで来た。タクシーを降りた信行は山門の奥に目をやったが石段が長く続いていて寺が見えない。周囲は杉やヒノキやあすなろが立ち並んでいる。樹齢５００年、全長が20メートルは超えている。貧しい寺とすぐわかった。

「ここが、あの承安寺ですか」

「そうだよ。ああ、刑事さん。一人で行っちゃだめだ。ここは必ず二人で行くようになっているのさ。神隠しがあって、男も女もいきなり姿を消すようで。魔物が今も住み着いていると、みんながうわさしてるよ」

「寺の人は誰もいないのですか」

「和尚と寺男がいるけど、二人がいない時に限って神隠しがある。そうみんなが言ってるけん」

運転手の顔には汗が流れていた。

「どうしても中に行きたいなら、武器を持っていった方がいい。拳銃とか爆薬とかよ」

信行は苦笑した。忠告がマジだったからだ。

「わかりました。明日、地元警察の応援をもらいましょう。五、六人いればいいですか」

「おいらも、来ますよって」

「かたじけない。恩にきます。それじゃー、宿に入るには時間が早すぎるから、あの防潮堤に連れて行ってください」

信行はあの映画を観た運転手でよかったと思った。もし映画を観ていなかったら、いちいち地図を広げて場所を説明しなければならない。しかしこの運転手とは妙に気が合う。物事の流れにうまく合って対応が早い。恵まれた環境に喜ぶ信行は益々やる気が出てきた。

この難事件を解決してみせる。名誉でもない。金の為でもない。人々を不安に陥れた悪を裁く正義感が全身にみなぎるからだ。見返りは何もいらない。ただ、妻と息子だけには見せたい。男の紋章を。妻に心から尊敬され子供たちにも熱い羨望の眼差しで見つめられたい。ただ、それだけだった。

「どうだ。父さんは凄いだろう」

「確かにおやじは凄い。心から尊敬するよ」

そう言われるのが信行の心の支えだった。

「ところで、運転手さんの名前を聞いてもいいですか」

「俺の名前か。長谷川一夫だよ」

「あれ、どこかで聞いたことのある名前ですよね」

「昔の映画スター。あの長谷川一夫だよ。昔、時代劇によく出ていた名優の」

「そうでしたか。それはいい名前ですね」

「刑事さんは」

「ああ、私ですか。私は高木信行と申します」

打ち解けることができた。


「高木刑事さんと呼んでいいか」

「ええ、いいですよ」

二人は屈託なく笑った。初めて会ったにしては遠慮がない。同世代のせいか気持ちが和んで打ち解けることができた。


しばらく経ってから車は海岸に着いた。青い日本海がどこまでも広がっている。海猫が数十羽ゆるやかに飛行している。

車が停車すると信行は車から降りて背伸びをして大きく息を吸った。

「憧れの日本海か。うーん。気持ちいい。海が大好きだ」

前方に男が一人立っている。不可解な感じがする。顔色が悪く目が険しそうだ。思いつめた様子で黙って海を見つめている。すぐ持ち前の勘が働いて信行は声をかけた。

「こんにちは。海がお好きですか」

「はい。好きです。娘が亡くなってからは。つい、ここに足が向いてしまいます」

信行と年恰好が似ている。とても悲しそうにひたすら海に向かって何かささやいている。

「失礼ですが、どこかでお目にかかったかもしれませんね」

信行は顔を見て誰だったか思い出していた。

「高木刑事さんですね」

「ええ、どうして、私の名前を……」

「警察というところは、全国のネットワークがありますから、すぐ情報が入ります。あなたが迷宮入りした連続殺人事件の解決に来られたことは既に承知している。私は微力ながらあなたのお手伝いをしたくて、ここでずっとあなたの到着を待っていました」

運転手が叫んだ。

「ええ、もしかして、殺された女の警察官の親父さんか……」

信行ははっとした。まさか、あの三田慶子の父親、三田警視総監だったとは。

「大変失礼しました。私、元愛知県警熱田署で刑事をやっていました高木信行と申します。このたびは、大変なこととお悔やみ申し上げます」

深々と頭を下げると、三田は軽く手を振った。

「いやー、私も退官した身です。そんなに気を遣われてはかえってこちらが恐縮します。どうぞ、気軽に話してください」

「ありがとうございます。今回、たまたま映画を観まして、何か引っかかることがありまして強い衝動と言いますか。居ても立ってもいられない気持ちになって、ついここに来てしまいました。事件解明というよりは、何か捜査の決め手をつかんで所轄に報告するつもりでおります。長い間警察でお世話になった恩返しがしたくて。そして何よりも私のこの血がひどく騒ぐのです」

「あっぱれ。素晴らしい。あなたのような警察官がいて愛知県警も幸せですな」

「いえ、そんなことはありません。私は世の為、人の為に仕事をしてきませんでした。私は犯罪をあばくのが目的で生きてきました。犯人逮捕、それのみです」

「それは、素晴らしいお考えだ。私も賛成です」

二人は出会えてよかったとつくづく実感した。

「明日、承安寺の捜索を行います。ご一緒に行かれては……」

「私は、胃ガンで体調が悪い。迷惑になるから遠慮しておこう。代わりと言ったらなんだが、京都府警に連絡しておいた。愛知県警の名刑事が丹後のお宮入り（迷宮入りした事件）を徹底究明するとな……」

信行は温かい言葉を聞いて感激して涙を流した。実に何もかも知っている。そして速やかに援軍を手配してくれる。日本の警察にこんなに温かい人間がいるんだと改めて感じた。

「ところで、息子さんは元気でやっていますか」

「はい、機動隊に所属しています」

「それはいい。親子で警察に尽くすとはうれしい限りです。警察官の鑑ですな」

元総監はお辞儀してその場を立ち去った。信行は元総監の姿が見えなくなるまでお辞儀していた。長谷川が気を遣って言った。

「俺、話してもええかな。この防潮堤にあのマサ子が立っていた。そしてあの村長がここで発見したんだよ」

「偶然にしては、ちょっと出来過ぎていますね」

「どういうこと。刑事さん」

「自殺するかのように振る舞ったマサ子に疑問が残ります」

「俺、馬鹿だからさ。もう少し分かりやすく言ってくれないか」

「これは罠です。村長はマサ子の罠にはまったのです」

「旦那、どうして、そんなことが言えるの」

「いいですか。村長がこの海岸を車で通ることを知っていて、マサ子はここで待ち伏せしたんです。映画にあったじゃないですか。わざと気を失った振りをしたと」

「すげー。そうか、そういうことだったのか。やらせだったとは。それにしても成金をひっかけるとは相当の玉ですね。女ヤクザか、あいつは……」

「同感です。相当のワルです。色香で男をそそのかして金を巻き上げる。結婚詐欺で男を殺害するのと似ていますよ。まるで女のサメです」

「旦那、村長を殺したやつは誰ですか」

「それはこれから、時間をかけてじっくりとやります」

辺りが少し暗くなり始めた。

「いけねえ、宿の手配を忘れてた。ちょっと失礼するよ」

長谷川は車に戻って会社に連絡した。宿はすぐ見つかった。知り合いがやっている「福の家」という民宿だった。

「6時から宴会にしましょうか」

「がってんだ」

長谷川は大きな声を張り上げて招集を始めた。

「刑事さん。6人来るけど大丈夫か」

「多い方がいいです。情報が飛び交うことを楽しみにしています」

「おいらも、なんだかうれしいな。警察の手伝いが出来て。かあちゃんに自慢しよう」

「ところで、生まれはこちらですか」

「ああ、そうだけど」

「さっきから、がってんだとよく言いますね」

「ああ、それね。家内の実家が埼玉県で、向こうに行くと、がってん寿司があって。そこに言ったら、店員ががってんだ、がってんだと言うから、まねしてるだけだよ。こっちでは、結構はやってるよ」

「そうでしたか。私はこちらの方言だと思っていました」

二人は顔を見合わせて笑っていた。

風呂から出た信行は浴衣姿で民宿の食堂に行った。広さ12畳ほどで座卓が六つ並べてあった。ちょうどそこに運転手の長谷川が来てあれこれ考えている。

「旦那。座卓を一列に並べようか。他に客もいないし」

「そうですね。その方がいいでしょう」

二人は会場準備に取り掛かった。すると次々と村人が入場して来た。

「今晩は。お邪魔します」

明るく声がはずんでいる。まるで上棟式の大工さんのようなので信行は昔を懐かしんだ。

「門田よ。片山はどうした」

「ちょっと、遅れるって。仕事のきりがついたらこっちに来るって」

「じゃー、一応そろったということで、旦那、始めますか」

早速、ビールが運ばれるとグラスが回され冷たいビールが注がれた。

信行は落ち着いてあいさつした。

「名古屋から来ました高木信行と申します。元警察官で、『悪魔の幻想曲』を観てここに来てしまいました。迷宮入りした事件を解決できたらいいなと思っています。たまたま、知り合った長谷川さんの協力で皆さんと一緒に酒を飲むことができました。今は感謝の気持ちでいっぱいです」

拍手が起こった。長谷川がさらに気合を入れた。

「いいか、みんなよく聞いてくれ。今日は旦那のおごりだ。存分に飲め。存分に楽しめ。そしてだな。あの事件に関することがあったら、この際全部しゃべっちまえ。洗いざらい。いいな、みんな頼んだぞ」

テーブルには海の幸が次々と運ばれてくる。アワビ、車エビ、鯛とブリの刺身などが詰まった大きな船盛りが三つも運ばれると大歓声が起こった。

「旦那、ブリをいっぱい食うといいぞ。羽振りがよくなるから……」

大工の富造が大声で言うと場内は爆笑した。荒々しい村人たちの口が大きく開いて笑い声も大きかった。

「うめーな。ここの民宿の酒は。料理も安くてうまい。ここはほんと、いい店だ」

漁師の富蔵が言った。

「ところでよ。俺見たんだ。網野殺人事件が起きる前、よそ者が毎週釣りに来ていた。何でも、フグが釣りたいと言ってたそうな」

信行は録音テープを回した。そして筆記を始めた。

「俺はよー。あの寺の前にある大きな庭石の前で男がよ。庭石と話しているのを見たんだ」

笑い声が起こった。

「本当だってばさあ。信じてくれよー」

「私は、信じます。ですから、どんどんしゃべってください」

信行は全員にうながした。

「俺の話も聞いてくれや。あの捕まった桐島孝夫よ。あいつ警察官のくせに雄琴温泉に通っていたらしい。指名する女がいてな。居酒屋のおやじに聞いた話だけどよ。あいつの何入りのコンドームを5万円で買った男がおったげな。ソープランドの中で大騒ぎになったらしい。それがよう。驚くなよ。丹後署のあの鬼刑事らしいぞ」

信行は、驚いてつばをごくりと飲んだ。

「わしも聞いたよ。霊媒師のばあさんから。林マサ子は中国で銃殺刑にあった、李秀麗《りしゅうれい》の手鏡を持っていると。だもんで、あの寺に李秀麗が住み着いていているんだとさ」

あたりは急に静かになった。

「それは本当ですか」

思わず信行は驚いて口にしてしまった。

「嘘だと思うなら、高田のばばーに聞いてみな」

他の者が言った。

「村長の2号は韓国人らしい。京都で芸者をやっている時の彼氏が海で釣りをしていた。二人は密かに会っていた」

「マサ子がよ。船に乗せられたのを知り合いが見たと言うとった。多分、韓国の漁船に乗せられて、それから北朝の船に乗せられ、妓生《きーせん》(娼婦の館)に送られたと在日韓国人が聞いたらしい」

「村長が殺される前に、村長の2号の高瀬まり子とその愛人岡田啓助が銀行で金をおろすのを、うちのかかあが見たと言ってたさ」

「寺男は在日韓国人で北のスパイだと、うわさを聞いたことがある」

「村長が殺されたあと、村長の家が北のスパイのアジトになったと出入り業者が言っていたな」

「あの鬼刑事が三田慶子と桐島孝夫がラブホテルから出て来るのを見たと居酒屋のおやじにもらしたと聞いた」

次々に情報が飛び交う。信行はすこぶる上機嫌だった。

「ありがとうございます。耳よりな情報を聞かせてくれて。ところで皆さんは先ほどの話を警察に言いましたか」

返事はなかった。

「だってよ。聞かれもしないのに、こっちから話すか。わざわざ、警察に言いに行く馬鹿もいねえぞ」

笑いがあふれた。

「俺は、警察が大嫌いだ。スピード違反で免停になっちまってよ。あの時は本当に困ってな……。でもよう、こうやって一席もうけてくれるとついつい協力したくなるよ」

「おお、そうだ。そうだ。名古屋から来た刑事さんはよ。ほんといい人だがや」

また、笑いがあふれた。

「今日は大収穫でした。私、一人でこんなにたくさんの聞き込みができて感謝しています。本当にありがとうございました」

　信行は村人たちの協力に喜び、冷たい生ビールを勢いよく喉の奥に流し込んだ。

　翌朝、警察官20名が廃墟と化した寺に集合した。そして承安寺の家宅捜索が入念に行われた。鑑識が部屋から盗聴器やカメラなど20点を証拠として押収した。ノートパソコンが2台発見され、データを解析する為押収された。マサ子の荷物や問題の手鏡も段ボール箱に詰められて車で運ばれた。信行は捜査の進展を確認しながら寺の外に出た。

　そこには苔に覆われた古い井戸が雑草に埋め尽くされてあった。

「あのー、すみません。この井戸は調べましたか」

「いいえ。まだやってません」

「すぐ、調べてください。井戸の底にきっと何かあると思います」

「わかりました」

「三田慶子の発見場所はこのあたりですか」

「そうです」

「一人で死体を運ぶには距離がありますね」

「と、言いますと」

「共犯者がいます。二人で遺棄したはずです」

「寺男ですかね」

「今は、なんとも言えません。そうだ。鬼刑事の身柄を拘束して至急取り調べてください。逃亡のおそれがあります」

「了解しました」

井戸の方から叫び声がした。

「死体が。死体が発見されました。それも複数の死体が」

しばらくして寺の付近が慌ただしくなった。早くもマスコミが嗅ぎつけた。

「警察内部にマスコミに通報するやからがいるな。どうせ、なんらかの報酬をもらっているんだろう。全く情けない話だ」

信行は二人の息子に連絡を入れて状況を詳細に説明して応援を頼んだ。

「これは大変恐ろしい事件だ。お前たちの力を借りなければ到底解決できない。頼むから、すぐこっちに来てくれないか」

信行は困難な状況に直面して、あえぎながら息子たちに懇願した。

そしてそのあと、残忍な複数の殺人事件解決の手だてがないものかと首をもたげて深いため息をついた。

9

そして1週間が過ぎた。夕暮れ時、元警視総監に現場の立ち合いをお願いした信行は、これから始まる一世一代の大仕事に神経を注いでいた。

へまをすれば全て水の泡になる。ミスは絶対に許されない。大きなため息が何度も出て落ち着きがなかった。

「親父、どうしたんだよ。いつもの親父じゃないぞ。顔が暗くてこわばってるじゃん」

健一はひどく心配している。

「大丈夫だ。心配しないでくれ。少し緊張してるだけさ」

信行は内心魔物との対決に怯えていたが、愛する息子の前だったので背伸びして虚勢を張った。

「今、ここで親父が倒れたら、俺が現場の指揮をとることになる。それだけは勘弁してよ。お願いだから……」

元警視総監の前で健一は恥をかきたくなかった。一方次男の高校教師卓《すぐる》は無頓着な表情で立っていた。

生まれつきのん気で兄とは少し性格が違っている。健一は母親に、次男の卓は父親に似たのかも知れない。どちらかと言えば次男の方に度胸がある。

家族で一番年齢が若い。しかしそれを吹き飛ばす生命力は密かに培われた。

なぜなら、負けたくないという強い意志を持ってこれまで人生に挑戦してきたからだ。

いつも兄、どこでも兄。同じ人間なのにこうも差別されるので大いなる疑問がぬぐい切れない。長男がなんだ。次男がなんだ。そんなの関係ない。努力して、苦労して、我慢して遂に栄光を手にした者が勝者じゃないか。卓は心の底で兄、健一をいつも意識していた。

「僕は平気ですよ。これから何が起ころうが、ちっとも怖くないです」

あどけない表情をして卓は大きな声で周囲を笑わせた。元警視総監は微笑みながら言った。

「実に素晴らしいご子息だ。あなたのような人格者のご子息は見ていて実に微笑ましい。見ている私まで爽快な気分になる。君が私の部下でなかったことが実に心苦しい……」

元総監は目に涙をためて信行に言った。

「もったいないです。総監のお言葉を頂けるだけで幸せでございます」

信行は元総監の言葉を頭の中で何度も繰り返して感激していた。

健一が黒いイヤホンを耳につけ音声マイクを胸に装着した。青いワンボックスカーが現場から少し離れた所で待機している。会話の全てを録音する為だった。健一の行動を録画する為に3台のカメラが回り始めた。

まさに、前代未聞の浮遊霊との会話が始まる。現場は急に静まり返った。

「今晩は。僕は高木健一です。愛知県警機動隊に所属しています。日本を愛する警察官です。市民の安全と社会正義を守る為、我が命を警察に捧げています。人はルールを守って生きていかねばなりません。まじめに生きている人を阻害したり殺したりしたら、僕は逮捕します。それが僕の任務なのです」

少し間をおいて、ゆるやかに続けた。

「あなたの名前が聞きたい。教えてくれませんか」

反応がない。健一は落ち着いて話した。

「僕たちは、ここで起きた数々の殺人事件の真相がどうしても知りたい。もし教えてくれたら、僕があなたを清楚で高潔な霊界に送り届けると約束します。もし、約束を破ったら、僕を呪い殺してください。もちろん覚悟は出来ています」

健一は大きな庭石の前で深く一礼して地面にひざまずいた。

「お願いです。ここで殺された人たちの魂を救ってあげたいのです」

祈る思いで健一は叫んだ。元警視総監も石の前で土下座した。信行も、卓も。そして現場に居合わせた警察官、全員が土下座して浮遊霊の回答を待った。

少し経ってから、おもむろに石に隠れた浮遊霊が現れた。

「ごめんなさい。人間を信じることが出来なくなってしまって。でも今、わかりました。こんな醜い、汚い、人間界にあなたたちのような心の美しい人たちを初めて見ました。私は21歳でこの世を去りました。そしてこの石に隠れて醜い人間たちをずっと見てきました」

言葉が止まった。健一は優しく言った。

「どうか、されましたか」

「ごめんなさい。私が殺されたあの時の様子が、今よみがえって。胸が急に押しつぶされて涙が……」

「僕があなたに代わって復讐しましょうか」

「いえ、もう犯人は死んでしまったから。お気遣いなく」

「もしよろしければ。ここで起きた事件の詳細を話してくれませんか」

「私、あなたのことが好きになってしまいました。迷惑ですか……」

「いえ、迷惑でありません。僕も、あなたのことが好きです」

急に空が明るくなった。承安寺の庭石の浮遊霊と健一の会話はしばらく続いた。

若き女性の霊の声を以下にまとめる。

中国最後の王朝が清王朝だった。清朝10代目の王女、愛新覚《あいしんかく》羅《ら》顕《けん》子《し》、日本名川島友子が関わる謎の事件だった。

終戦後、中国国民党は日本軍のスパイ、川島友子を逮捕した。

銃殺刑が決定されると養父、川島栄次郎が友子を助ける為に、中国政府の官僚に多額のわいろを贈って友子の銃殺刑は免れた。その時、友子の身代わりに李秀麗《りしゅうれい》が秘密裡に候補にあがった。友子と秀麗はうりふたつで秀麗は日本語が話せた。貧乏で貧しかったので秀麗は母親と妹にだまされて川島友子がいる監獄に連れて行かれ、金の延べ棒4本で売られてしまった。愛する母と妹に裏切られて、友子の替え玉として銃殺刑にあった秀麗はこの世を憎んだ。たまたま、林マサ子が持っていた青銅の手鏡は秀麗が叔母からもらった大切な品だった。

秀麗は手鏡を取り戻したくて、はるばる承安寺まで来ていた。

そして殺戮が繰り広げられる悪魔の幻想曲を奏でた。すると、鬼畜な人間どもが集まり欲望の渦に身を投じていった。

童謡の『はないちもんめ』は秀麗をひどく悲しませた。そしてその歌声が聞こえるたびに死者が続出した。

「返して。返して。わたしの大切な手鏡を……」

秀麗は夜になると寺の周辺をうろついた。そして人間が殺し合う場面を眺めて笑っている。

少し経ってから次男の卓の尊師、真言宗密教管長波多野ゆいとその門弟がぞくぞくと現れた。

午後7時過ぎ、承安寺の境内は警察の夜間照明で照らされてかなり明るい。

劇団の子供10人、小学校高学年の男女がスタンバイした。

「高木さん。子供たちは本当に大丈夫ですか」

元警視総監は心配しながら口にした。

「心配いりません。次男の卓が子供たちを守る手はずになっていますので」

「ご子息には、特別な能力があるんですか」

「小さい時から真言密教の経典を読んでいたので自然に霊能力が増幅されたようです」

「そいつはすごい。感心しますな」


しばらく経ってから、長身で細く超美形の管長、波多野ゆいが現れた。

「よいか、皆の者。ぬかるでないぞ。今宵は悲劇の亡霊をこの手で鎮めようぞ」

気勢をあげて弟子たち50人が素早く寺を包囲した。そして真言密教の読経が流れた。

「スタート」

子供たちが『はないちもんめ』を合唱する。

「勝ってうれしい　はないちもんめ」

「負けてくやしい　はないちもんめ」

「あの子がほしい」

「あの子じゃ分からん」

「この子がほしい」

「この子じゃ分からん」

「相談しましょ」

「そうしましょ」

すると、急に風が強くなって木々が大きく揺れ小雨が降り始めた。眉間にしわを寄せ、いきり立った目でゆいが大声で叫ぶ。

「卓。まもなく西の方角から現れる。慌てるでないぞ」

卓は用意したしゅりけんを3枚左手に収めた。

「見えるか、卓。白い衣を着た女が……」

「はい、確かにこの目で確認できます。かなりのスピードです」

卓は赤いしゅりけんを放った。秀麗の右腕に刺さった。そして青いしゅりけんを放った。秀麗の左足に刺さり、秀麗は体の動きを封じられてしまった。しゅりけんには真言密教の刻印があり、悪霊を滅ぼす御祈禱が済ませてある。

最後の黒いしゅりけんを使って、ゆいが荒々しく卓にとどめを刺すように命じた時だった。

「待たれよ。若き勇者。そなたの働きは正義の為と分かっておる。じゃが、おなごの気持ちが分からんか……」

突如、細川ガラシャの透き通るような美声が流れた。

「なあ、皆の者。もう良いではないか。理は魂を抱き寄せる。故にわらわは愛しい秀麗を抱き寄せる。秀麗が北京に帰ればそれで良いではないか。いいか、もうこれ以上騒ぎを大きくするな。そもそも日本は神の国、アマテラス（天照大神）が支配する国。わらわの忠告に耳を傾けよ。さもなくば、偉大なる神アマテラスがお怒りになられようぞ。神は秩序を尊び、和を築けと申される。心正しき者よ。いつの日か、必ず伊勢に参られよ」

卓はしゅりけんを懐に収め、神妙な面持ちでひざまずいた。

「ガラシャ様の仰せに従います」

ゆいも大きくうなずいた。そして静かにひざまずく。ガラシャの忠告が分かったからだ。

「わが愛する信行殿。そなたは誠に良いせがれを持ったのう。心から褒めてつかわす。ところで信行殿の先祖は一体誰であろうかのう。分かるか信行殿。フフー、驚くな。実はわらわがそなたの先祖じゃ……」

あの戦国一の美女、細川ガラシャは優しく微笑むとすぐにスーと天を昇って行った。

寺の境内は平穏を取り戻した。信行はガラシャの言葉を光栄に思い、ひざまずいて頭を深く下げて言った。

「この上ない喜びでいっぱいでございます。これからもあなた様のことを心より尊敬申し上げます。そしてあなた様のお声を決して忘れません」

それから1週間が過ぎた。京都府警機動隊により火をつけられた承安寺は大火の炎を天空に昇らせている。まるで荒れ狂う銀の竜が上空を飛んでいるかのようだった。夕方までには古寺は完全に消滅した。

丹後警察署に証拠品として押収された問題の手鏡は北京市にある博物館に送られることになった。

三田慶子を強姦して彼女の局部に、桐島孝夫の精液を挿入した鬼刑事権田は山林で拳銃自殺した。遺書は残っていない。殺人罪を桐島孝夫になすりつける為、ソープランドに行って孝夫の精液が入ったコンドームをドライアイスの入った箱に入れて犯行に及んだ。

桐島孝夫は警察から追い出されて出家して京都にある万松寺に身を置くことになった。

村長の後妻になる予定だった高瀬まり子の愛人岡田啓助が、フグの毒を村長に飲ませて殺害して海に投げ込んだことが後に判明。フグの毒、テトロドトキシンは青酸カリの1000倍の効力がある。この神経毒は加熱しても効力は衰えない。

高瀬まり子と岡田啓助はコンビニエンスストアの駐車場で職質を受けて現行犯逮捕された。両名が覚せい剤を所持していたからだ。

そして精神病者の吉田増男は北のスパイの訓練を再度受ける為に漁船で北朝に逃亡した。

林マサ子は現在も逃走中で全く足取りがつかめない。恐らく日本国外に脱出したもよう。

難事件が解決して半年が過ぎた。栄臨宗大山派本部は更地になった寺の土地3000坪を京都府に寄贈した。村民の高齢化が進み、過疎化も進み、檀家が急激に減少したこともあって、廃寺にすることを決めた。再建しても利用者がいないからだ。

京都府教育委員会はガラシャの菩提寺の建設を計画、文部科学省と折衝を重ねた結果、総工費3億円でガラシャ記念館が建設されることになった。

その計画が決定された翌年、信行はすい臓がんで他界した。警察庁は偉大な功績を残した信行を悼み、細川ガラシャの末えいである次男の卓がガラシャ記念館の初代館長に任命されることを政府に強く要請した。

こうして元刑事高木信行の次男卓が戦国一の美女、細川ガラシャの御霊を命ある限りお守りすることとなった。

完

アフターピル72　緊急避妊の断罪

誰を信じて生きるか、誰を愛して生きるか、それは個人の自由だ。

寺島　祐

第1章　オオカミ娘の非情な裏切り

1

8月17日、猛暑日が続く東京新宿歌舞伎町。全く人気《ひとけ》のない午後4時過ぎ。

名門聖アナリス大学医学部2回生、松本理奈はひどくふさぎ込んだ表情で木造2階建てのさびれた医院の重いドアを開けた。

ギギギーっと恐い音がした。薄汚れたガラスドアの蝶番《ちょうつがい》が錆び付いているので理奈はドアを力強く引っ張った。

「こんにちは。こんにちは……」

恐る恐る玄関の中に入ると誰もいない。照明がついているが院内は暗く、オキシドールのような異臭が鼻をつく。

突然、理奈の足が震えだした。

「臭くて気持ち悪い。鼻が曲がりそうだわ。何だか嫌な感じがする。やっぱりやめようか……」

ひとりごとを言っていると外から誰かが入って来た。

「おおう、びっくりした。うちに来たのか」

理奈は赤鬼のような強面《こわもて》の男が医者であることに気づくと、ここから一刻も早く逃げ出したくなった。

古くて臭くて怖い医院の様子を現実に目の当たりにして全身が震える。

フランケンシュタインのような大柄で初老の医者が理奈をにらみ付けた。

ここに来るまでずっと想像していたあこがれの清潔な先進医療が一瞬で消えた。

がっかりする理奈が大きく身を縮めて黙って外に出ようとした瞬間だった。

不幸にも持病の貧血が理奈を襲い、突然めまいがしてファーっとしてその場に倒れ込んでしまった。意識が全くなく身をのけぞる理奈の様子を見て医者が大声で笑った。

「それにしても可愛い小娘だ。久々のお客さんだからいい仕事をしないとな」

しばらくして意識が戻ると、婦人科の手術台に乗せられている自分に気が付いた。

「何よ、これ。納得できない。どうして私が、こんな恥ずかしい恰好にされるの……」

両手と両足が手術台にきつく縛られていて身動きが取れない。ここから逃げる方法がないと思うと理奈は感情的になった。

「先生。お願いですからやめてください。やめないと警察に言いますよ……」

理奈は身の危険を感じて体を激しく動かした。

すると赤鬼は嫌がる理奈の顔を見て笑い、あらかじめ用意しておいたガーゼを小さく丸めて理奈の口の中に乱暴に押し込んだ。それからガーゼが出て来ないように口に粘着テープをしっかり巻いた。

理奈は殺されると思って大声で叫んだが、小さなうめき声しか出ず全く言葉にならない。あられもない姿にされ、荒々しく開かれた恥部に消毒薬が乱暴に塗布され、いきなり冷たい医療器具が理奈の秘穴に無理やり挿入された。

「痛い。止めて。怒るわよ」

理奈の悲鳴のような叫び声がウーとしか言えない。壮絶なうなり声に変わっただけだ。

「うるさい女だな。じたばたせずにおとなしくしてろ。ええーっと、先ずこのはさみでガキの足を引っ張っておいて、それから頭部の後ろに細い鉄パイプをズコーンと突きさす。おい、ガキが少し暴れるかも知れないが気にするな。即死だからな。すぐ終わるから我慢しろ」

高度の先進医療マシーンがうなり始める。消音装置付きの吸引用医療機器の中にあるポンプが作動した。

胎児の頭の中にある脂肪と肉が凄まじい吸引力で引きちぎられ、物体がミンチになって細いパイプを通って機械に集められる。まるで強力な掃除機でゴミを吸っているのと同じ様子だ。

赤いミンチが体液や血と混ざりあって透明の管をおびただしく、しかもゆっくりと通過する。

実に恐ろしい光景で吐き気を催す医療現場だった。

しばらくすると管を流れる物体がなくなり、ポンプの音が急に小さくなった。メロディーが流れ作業終了を知らせている。およそ15分が経過した。

「よし、終わった。それではペッタンコになった白いタコを引っ張り出すか」

一般に未婚の若い女性の膣穴は直径1センチくらい、マックスでも2センチくらいなので胎児の頭を小さくしなければ胎児を体内から引っ張り出すことが出来ない。

その為に細い管を頭にぶっ刺して吸引作業をしなければならない。

胎児の頭部の中身を大方吸引することで頭がつぶれて小さくなり、膣を通って体外に出しやすくする為だった。

「おおー、やっと出て来た。出て来たぞ。こいつは意外と頭が大きいなあ。可哀そうにこんな哀れな姿になっちまってよ。神様が怒っているぞ……」

赤鬼は特大のガーゼを理奈の陰部にあてがい大きな紙おむつをはかせた。

そしてあたりに散った血や体液などの散乱物を雑巾で拭き取ると入念に手を洗った。

そして冷蔵庫から冷たい缶ビールを出してゴクゴク飲み始めた。

「妊娠6カ月を過ぎている。堕胎罪に問われてわしは刑務所行きか。しかし、よくもまあここまで放置できたものだ。もっと早く中絶を決断するべきだったな。

中絶は致し方ないが、わしの良心がとがめる。

なんでこんなことになってしもうたのか、よく反省した方がええぞ。二度と同じ過ちを犯してはいかん。あんさんの体がボロボロになっちまうからな。ええか、よーく反省するんだぞ」

赤鬼は理奈に青い毛布をかけた。冷房中なので裸体の患者を気遣ってのことだ。

「このまま少し休みなさい。心労が大きいさかいにな……」

赤鬼は額の汗を手でぬぐって奥にある居間に行ってソファーに身を沈めた。

そして夏の甲子園大会を見る為に急いでテレビのスイッチを押した。

2

中絶して1週間が過ぎた。夏休み期間中なので大学には行っていない。

理奈の実家は三重県桑名市にあり、父親の松本秀男は総合病院の院長をしている。

看護師が100人もいる桑名の大病院で秀男は婿養子、もっぱら病院の権力は妻の由紀恵が握っている。由紀恵は生まれながらの資産家の娘だった。

一人娘の理奈の毎月の仕送りは30万円。聖アナリスト大学の近くにある高級分譲マンションの一室を借りている。法人契約で病院名義で借りているので毎月の家賃の50万円は病院が支払っている。

3LDKのマンションには秀男が購入した重厚で高級なイタリア製のインテリア家具が溢れている。

一見億ションのような豪華室内は誰が見ても圧倒される。


理奈は20歳、正直まだ子供で世の中のことは何も知らない。

何も気にせずくよくよしない明るい性格で、人をすぐ信用してしまう悪い癖がある。

今まで一度もだまされたことのない、純粋培養された美形のお嬢様だった。

身長165センチ、肩幅が小さく余分な脂肪もないので細くしなやかに見える。足が細くて長いので、まるで一流モデルのようだ。

優しく知性的な瞳が輝き、男性なら誰もが恋い焦がれてしまう。理奈の瞳はティファニーのダイヤモンドのような気品に満ちた美しい輝きがある。

そしてひまわりのオイルを塗ったような滑らかな黒い髪は肩まで伸びて、ふんわりと風になびいていた。


理奈はソファーに座って窓の外を眺めていた。高台にある地上12階建ての最上階の部屋からは住宅を見下ろすには十分な高度がある。地上50メートルの高さからの眺めは開放感があり、特に夜景がきれいだった。

理奈は人工中絶の凄まじい手術の光景を思い浮かべていた。

「先生は私の為に手術をしてくれたんだわ。逃げようとした私を無理やり縛って、身の危険をおかしてまで中絶手術をしてくれた。この愚かな私の為に、先生本当にありがとう」

あのおぞましい光景が目に浮かぶと理奈の目から涙がぽつりと落ちた。

「でも、おろして本当によかった。もしも産んでいたら、この先どんな不幸が待っているのか……」

そう思うと恐怖で理奈の体がブルッと震えた。

「しばらく安静にして、大学が始まる頃には元気になっているかな……」

理奈は治療費の請求書を見た。30万円で税別だった。学生証をコピーされたので振り込みが遅くなると騒ぎになる。明日の午後、体調が良ければ銀行から振り込もうと考えていた。

昼過ぎ、理奈が赤ワインを飲んでいると玄関のドアが開いて誰かが入って来る。

気のせいかと思って振り返ると父秀男が険しい目つきで理奈をにらみつけた。

「ええっ、お父様。どうしてここに。何かあったんですか」

荒々しい態度で秀男はすぐ白い上着を脱いでソファーに投げた。そしてネクタイを緩めて理奈の前に腰を下ろした。

「理奈、お前、真っ昼間から酒を飲んでいるのか。全く、最近の女子大生は品がないな」

「ごめんなさい、お父様。いろいろ問題があって。でも、もう大丈夫ですから……」

秀男は興奮して理奈をにらみつける。理奈は秀男のただならぬ気配を感じてその場から逃げようとした。

「何か、お飲み物をお持ちしましょうか」

「アイスコーヒーはあるか」

「はい、すぐお持ちします」

これから何が起こるのか、理奈はキッチンに行って冷蔵庫の中から紙パックに入ったアイスコーヒーを取り出し、震える手でグラスに注いだ。そして氷を入れてお盆にのせて秀男のいるテーブルに静かに差し出した。

秀男は冷静に話そうとしてか、大きく息を吸った。

「理奈、お前、子供をおろしたのか」

秀男が切り出すと理奈の体が恐怖で震えだす。まさか父秀男に知られるとは。

「はい。おろしました。すみません」

秀男は顔を大きくゆがめて理奈に詰め寄った。

「どうして相談してくれなかった。妊娠したことを、それにおろすことを。親に相談するのが筋じゃないのか。お前はまだ子供だ。一人で考えて行動する年じゃない」

秀男は桑名の病院からここに来るまで電車の中で何度も自問自答した。そして解決の最善策を求めて苦しみ抜いた。

「わたしの気持ちが分かるか。理奈」

「はい、それは……」

理奈は秀男の前では本心を告げられない。小さい時から無条件に従うことしか教えられていない。逆らうことは罪悪と教育されてきたから、いつも命令に従っていた。

「お父様。もし私が子供を産んだら、お母様はどう思われますか……」

秀男は予想外の理奈の言葉にひどく困惑した。

「もし子供が生まれたら、時を見計らって由紀恵に話すつもりだ」

「私、お母様を悲しませたくないから、お父様に相談しなかったのよ。分かって……」

理奈はこれまでの悲しみが一気にあふれ出し、大きな声をあげて泣きじゃくった。

秀男は苦い表情で窓の外に目をやった。

そしていじらしい理奈の涙ぐむ様子を見ると思わず床に土下座した。

「理奈、大声を出して済まない。わたしが全部悪い。この通りだ。許してくれ……」

秀男が初めて理奈の前で土下座した。驚いた理奈は秀男の優しさが急に伝わると嬉しくなって涙を流した。

「お前は優しい子だ。お母さんのことを心配して苦しんだのか。さぞかし辛かっただろうな。

許してくれ、この馬鹿な父親を……」

秀男は涙を手で押さえながら洗面所に行き、顔を洗い流してタオルでゆっくり顔を拭いた。


そして冷静さを取り戻すと再びリビングに行った。

「理奈、医者はどうやって調べた」

突然の質問に理奈は困惑した。

「それはたまたま歌舞伎町を歩いていたら、産婦人科を偶然発見して。頭のすみに残っていたから、思い出して行きました」

「ネットで検索しなかったのか」

「ネットも見ましたが、看護師さんが多そうで恥ずかしいから、小さな町医者を選びました」

「術後の経過は順調か。出血は治まったか。微熱はないか」

「体調はいいです。よく眠れますし、食欲もあります。少しのどが渇く程度です……」

「大切なお前の体はうちの病院で精密検査しよう。ところで、お前はその町医者に何か身分証明を見せたのか」

「はい。ああ、そうだ。私、学生証を渡しました。先生がコピーが欲しいと言ったので……」

秀男は激しく頭をかきむしった。

「畜生めが。そうか、それでお前の事を調べあげたのか。なかなかのワルだな、その町医者は……」

秀男は心苦しい表情で理奈を見つめた。

「ここに来た理由はな、わたしに強迫状が届いたからだ。理奈、術後の体で申し訳ないが、気持ちをしっかり持って聞いてくれないか」

理奈は秀男の様子に驚きながら低い声で返事をした。

「はい、大丈夫です。お話を聞かせてください」

理奈が首を傾けて秀男の目を見つめた。秀男は大きく息を吸った。

「理奈、お前が行った町医者はヤクザ医者だ。お前が産婦人科の医院に入って外に出るまでの行動を全て隠しカメラで撮影していたんだ。もちろん手術の開始から終わりまで詳細にズームで録画されている。吸引された胎児の死体を見れば6カ月を過ぎていることが判明する。これは刑法の堕胎罪が適用される。やつは最初から脅迫目的で、お前が金持ちの医学生に見えたから中絶手術をしたに違いない。

やつはわたしに2000万円の支払いを求めてきた。支払えば録画したすべてのデータを送ると言うのだ。

今、弁護士の高山君が興信所を使って調査している。彼は有能でヤクザ社会にも顔がきくと聞いている。しばらく成り行きを見守るしかないな。理奈、もう二度とそのヤクザ医者の所に行ってはいかんぞ。いいな、約束だぞ」

理奈は床に崩れ落ちて泣き叫んだ。信頼したあの医者がヤクザ医者だったとは。

「お父様、本当にごめんなさい。取り返しのつかないことになってしまって、私、どうすればいいのかわかりません」

秀男は冷静になろうとグラスの水をごくりと飲んだ。

「元はと言えば、わたしが悪い。身から出た錆なんだ。結局、お前に迷惑をかける結果になってしまって本当に済まない。今後の対応はすべてわたしに任せて、お前は勉学に励みなさい。いいね」

秀男は胸の中がスッキリして幾分笑顔を取り戻した。理奈は目を真っ赤にして虚ろな眼差しで秀男を見つめる。

「おお、もう5時か。早いなあ。シャワーを浴びてから、久しぶりに二人っきりで一杯やろうか……」

恐喝事件が飲み込めない状況の中で、理奈は秀男に気遣い無理に笑顔を作ってうなずいた。

「お父様、暑いからビアガーデンに行きたい」

「おお、それはいい。こう暑くては頭がおかしくなるからな」

二人は再会した喜びに浸っていた。理奈は多忙の中、駆け付けてくれた父に深く感謝した。

3

それから1カ月が過ぎた。大学が始まり以前のような学生生活が始まった。理奈は学友の北沢春香と学生食堂でランチを食べていた。

「理奈、夏休みはどこかに出かけた？」

春香は久しぶりに会った理奈の顔を覗き込む。

「別に、どこにも行ってないわ」

「あんたんち、軽井沢に別荘があるんでしょう。あのあこがれの軽井沢高原の涼風を満喫しなかったの」

「今年は、ちょっと忙しくて軽井沢には行ってないの」

「そう、あなたの話を楽しみにしていたわ。家族でバーベキューをしたり、テニスをしたり、優雅にホテルでワインを飲んだりしたかと思ったのに……」

「うちはそんなお金持ちじゃないわ。ぜいたくな暮らしは父が嫌いなの」

「そうなんだ。気にさわったならごめん。あたしね、2泊3日で家族と群馬県の草津温泉に行って来たの。もうあそこは最高ね。今までいろんな温泉に行ったけど、草津温泉が一番。

もう夜の湯畑はライトアップされて湯の街の情緒があって凄く感動した。ああ、また行きたいな」

「宿はどうだった？」

「宿はね、新しくてスイートルームがかなり広かったわ。ねえ、ゆかたがかなり高級で他のお客さんと違ってて、少し自尊心がくすぐられてとてもリッチな気分に浸れたのよ」

「春香さんのお父様は何をしているの」

「うちのおやじは相場師なの。それってなんか下品でしょう」

「ううん、そんなことない。相場師って何するの」

「うちのおやじは石油の先物取引が得意みたい。金とか銅もやるけどね」

「すごい、石油を扱うんだ。でも大変そうね」

「ニュースでよくやってるでしょう。原油価格が1バーレル47ドルとか。

ねえ、1バーレルは159リットルで42ガロンなの。1ガロンは3・8リットルよ」

「凄い、詳しいのね。よく覚えているわね。驚いて感心しちゃう」

「いいのよ、無理に褒めなくて。おやじは小さい時からあたしによく質問したの。『春香、1バーレルは何リットルか知ってるか』と。

覚え方にコツがあるの。いちガロンの愛人さわ（38）、市場（1バー）でいっこく（159）も早く死に（42）ガロンなさい」

「面白いー、素敵。本当にいいお父様ね」

「あいつは、ただの女たらしでね。陰でこそこそ、何をやっているのか、全くもう……」

「そうなんだ。女性にもてるんだ」

「そりゃー、金のある男には女は集まるものよ。金に群がる女なんて、あたしに言わせればコールガールね。ハレンチで汚らしいメス豚よ」

春香はとんかつ定食を食べ終わるとアイスコーヒーに手を伸ばした。

「ところでさ、理奈の血液型は何型なの」

「AB型よ。それがどうかしたの」

「AB型か。それはちょっとまずいわね」

「まずいって、何が」

「言っちゃ悪いけど、AB型はね。ほんと気まぐれで、Aの時は明るくて素直でいいんだけど、いきなりBに変わって頑固で怒りっぽくなるの。だから、交際相手がすぐ逃げ出してしまうの……」

「そうなんだ。何も知らなかった。私、Bにならないように心掛けるわ」

理奈は少し非難された気分になったが、親友の春香とうまくやりたかったのでその場は笑ってごまかした。

「ねえ、理奈のお父さんは怒ったら恐いの」

「そうねえ、怒れば恐いかもしれないけど、一度も怒られたことがないの」

「うっそう、今まで怒られたことがないの」

「ええ、父はいつも優しく接してくれる。欲しい物は何でも買ってくれるし……」

「さすが、セレブなお嬢様。うちとは全然違うな。もうアホらしくてやってられへんわ……」

二人は笑った。理奈は遠慮せず、ずけずけものを言う春香の態度が好きだった。

「ねえ、お父さんは何型なの」

「確か、O型かな」

「O型か。いいなあ。やっぱ男はO型がいいよ。小さい車より大型がいいに決まってるじゃん。あたしね。いつかO型の男性に抱かれたいと思っているの。背が高くて筋肉りゅうりゅうで、太くてたくましい両腕で息が出来ないほど強く抱きしめられたい。ああー、力強い男性が現れないかな……」

理奈は一瞬、体がこわばってしまった。

(O型の男性に抱かれる。私の事？)

急にふさぎ込んだ理奈を見て、春香は叫んだ。

「ごめん、あたし、何か気にさわること言った？　だとしたら、ごめん、堪忍してな……」

理奈は笑顔で首を左右に振った。

「何でもないわ。ちょっと思い出してしまって」

「よかった。すごい目つきに変わるから、あたし、とんでもないことを口にしたかと思った」

先ほどまでの勢いが無くなった春香は理奈の顔を覗き込むように質問した。

「ついでに聞いていいかな。お母様の血液型は何型」

「AB型よ」

理奈の意外な回答に春香の心臓がバクバク鳴った。春香は自問自答した。

「父親がO型で母親がAB型。そして娘がAB型。と、いうことは、ええっ……」

春香は急に手が震え、声に出そうにも言葉が喉につかえて何も言えない。

少し経って冷静になると、この場を立ち去る言葉を探した。

「理奈、ごめんね。あたし急用を思い出したの。悪いけど先に行くから……」

春香は食器がのったトレーを素早く持ち上げて返却コーナーに走って行った。

学生食堂のテーブルに一人残された理奈は春香の慌て振りに意表をつかれて困惑していた。

「どうしたの。私のことで何かあったのかな。あの恐怖に襲われた様子がすごく気になるわ」

理奈は仕方なく学生食堂を出た。

いつものことで昼からは大学教授の気まぐれで講義は全て休講になった。

今は街を歩く気にもなれず、ひとまずうちに帰ることにした。

誰もいない部屋に戻ってすぐシャワーを浴びることにした。

さっきまでいた学食の隣の席でカレーライスを食べていた男子学生を思い出した。大デブでカレーライスの大盛りをむしゃむしゃ食べていた。

「臭いわ。嫌だー。私の髪までカレーの匂いがついている」

服を脱いで汗を流し、入念に髪を洗った。理奈はカレーの匂いが大嫌いだった。

小さい時にカレーライスの入った皿をつまずいて落としてしまい、じゅうたんの上を汚してしまった。その時、母にひどく怒られた。

「もう、なんてどんくさい子。もっと注意して歩きなさい」

まるで他人の子を叱る勢いだった。

母が時折毛嫌いする態度が腑に落ちない。我が子ならもう少し優しく叱るべきだと感じていた。ＡＢ型の由紀恵は怒ると恐い。強烈な偏屈女に変身することがしばしばあった。

それ以来、理奈はカレーライスが嫌いになり、カレーの匂いがするたびに不快な気分になってしまう。

シャワーを浴びてタオルで髪を拭きながらコーラを飲んだ。そして急いでパソコンの電源を入れた。春香の怪しげな行動がずーっと気になっていたので血液型をネットで検索することにした。

「父親がO型で母親がＡＢ型の場合、生まれてくる子供はＡ型が50パーセント、Ｂ型が50パーセント、O型が0パーセント、ＡＢ型が0パーセントと表記されている」

理奈は驚いてテーブルの上に置いたコーラの缶を倒してしまった。

「ああっ、大変。早く拭かなくちゃ……」

急いでふきんをとってこぼれたコーラを拭き取った。

「AB型の子供が存在しないはずの私が、ここにいるということは。ええっ、まさか、私は実《じっ》子《し》でないの……」

理奈の頭の中で混同した脳が目まぐるしく働き、アンサーを導き出そうと躍起になっていた。そして出て来たアンサーは里子だった。悲しくも血のつながりのない親子関係。

理奈は後ろから頭を強く殴られた思いでソファーに大きく泣き崩れた。

「ああ、私。もうダメ。苦しくて息が出来ない。ああ、もう死んでしまいたい……」

4

それから1カ月が過ぎた。夜8時過ぎ。寝室にある赤いダブルベッドで秀男が理奈の裸体に優しくおおいかぶさる。

理奈は普段になく厚化粧をして両足を大きく広げて微笑みながら秀男を迎え入れた。

「痛くないか」

「大丈夫です。もっと奥まで入れてください……」

抑えていた感情があらわになり、滑らかな滑りに快感が増大する。そして甘い陶酔の世界をさまよう理奈が昇天して思わず歓びの声をあげた。

正にその時だった。秀男が絶叫して仰向けに寝転んだ。

「ああっ……」

驚いた理奈が目を開けると母由紀恵がもの凄い形相で立ちつくしている。

「由紀恵、お前、どうしてここに……」

秀男は背中からアイスピックで心臓を刺し抜かれて間もなく心肺停止になった。

「キャアー。誰か助けて……」

恐怖に体がブルブル震える理奈は身の危険を感じて書斎に逃げ込んだ。そしてすぐドアの鍵をかけてスマホを握りしめた。

「理奈、開けなさい」

由紀恵の怒鳴り声が耳の中でこだまする。

「開けなさい」

ドアが激しく叩かれ、理奈は震える手で110番通報した。ドアの向こう側が急に静かになったが、理奈は決してドアを開けなかった。

心臓が止まる思いで理奈はドアノブを強く握りしめて由紀恵の乱入を阻止した。

少し経ってから、部屋の中が騒々しくなると大声で話す警察無線が理奈の耳に入った。

「現場に到着。負傷者1名発見。全裸の男性が心肺停止のもよう。殺人事件発生。大至急、鑑識と救急車を手配願います……」

「了解、鑑識をすぐ送る」

理奈には状況がのみ込めなかった。ドアが強くノックされた。

「中に誰かいますか。警察です。ドアを開けなさい」

警察と聞いて理奈は開錠してそっとドアを開けて身を縮めた。

「怪我はないですか。早く服を着て。とにかく状況を説明してほしい」

理奈は乳房と股間《こかん》を手で隠しながらクローゼットのある部屋に行き、力なく下着を身に着け服を着た。

そして、うなだれてリビングにあるソファーに腰を沈めた。

「女を連れて行け」

警視庁捜査一課、主任栗林が大声で言った。理奈が振り返ると無言の由紀恵が手錠をかけられていた。

「お嬢さん、とにかく落ち着いて。参考人として、これから警察で事情聴取があります。すぐ、外出の準備をして下さい」

「はい……」

理奈はぼうぜんとしながら、この殺人事件について説明しなければならないと自分に言い聞かせた。

由紀恵の供述調書

「私は21年前、松本秀男と結婚しました。夫は婿養子で、結婚して1年後に私は子宮がんになって、子宮を全部摘出しました。子供が産めない私を夫は慰めてくれました。たまたま、里子の話があり、出生を詳しく調べた後、生後2カ月の理奈を貰い受けることになりました。

理奈の両親は飛行機事故で亡くなり、理奈の父親は外交官でした。乳飲《ちの》み子《ご》を抱いた瞬間、理奈は私たちにとってふさわしい子だと実感して家族3人の暮らしが始まりました。

ところが、理奈が大きくなり、高校3年生になると背も高くなり、胸もどんどん大きくなって、女の魅力を放つようになり、遂に夫と理奈は関係を持ってしまいました。

私は何も知らないことにして幸福な暮らしを守りたかった。

夫は自分の子供が欲しかったので、血のつながりのない理奈を密かに愛してしまったようです。理奈が娘と愛人の二つの女を演じることに欺瞞に満ちた夫は喜んでいました。

理奈の住むマンションの家具は夫が全て取り揃えて、1カ月に1度は東京で学会があると言って二人は密会していたようです。

理奈が中絶したのは夫秀男の子を産めば私と争うことになると心配してくれたのでしょう。理奈は私を心から母親と思ってくれる優しい子なんです。

私は、以前から夫を憎んでいました。若い看護師を誘ってはホテルで遊んで金をくれてたのです。ヴィトンのバッグやエルメスの時計や財布、金にものを言わせて若い女の体を求める最低の人間。私の力で病院の頂点に立てている恩も忘れて、本当に情けない男でした」

栗林は机を叩いて大声で怒鳴った。

「だから、殺したなんて、言わせないぞ。まだ話すことがあるだろう。この際、きれいさっぱり、吐いちまいな。分かったな」

取り調べは深夜まで続いた。

由紀恵はわが身の行動を恥じた。だが、すべてが終わってしまった。押し寄せる後悔の念が今になって頭の中を暴れ回る。

由紀恵は理奈を守る為に急に口を固く閉ざした。いわゆる黙秘権の行使だった。

「往生際の悪い女だ。しばらく、留置場で頭を冷やすんだな」

由紀恵がいなくなると、栗林は取調室に一人残りタバコに火をつけた。

「どうして、アイスピックの指紋には松本由紀恵のものしかないんだ。普通は松本理奈や秀男の指紋があっていいはずだ。それに玄関のドアの鍵がかかっていなかったのもあやしい。理奈が由紀恵を手引きしたのか。

アイスピックが玄関の下駄箱の上にあったのも普通じゃない。どうぞお使い下さいといった感じだ。被害者の背中に赤色のエレキバンが貼ってあった。

どうぞここを目がけて刺して下さいといった感じもする。

警察に通報したのは娘の理奈だ。

普通なら、母と娘が相談して証拠隠滅の為に、死体をどこかに捨てるはずだが……。

一番謎なのは、二人の密会の日時を由紀恵がどうやって知ったかだ。

どう考えてもあの娘が裏工作したと思う。絶対に間違いない……」

急に黙秘する由紀恵の神経質な態度を栗林は思い起こした。

「母性本能が働いて娘を守りたくなったのか。娘の将来を案じてなのか……」

いきなり怒りが込み上げ、灰皿を窓に投げつけた。

「バカヤロー、警察をなめやがって。あの小娘……」

時計の針は朝の4時を指していた。栗林は疲れが出て来たのでひとまず仮眠を取ることにした。

5

赤いタイル張りの松本総合病院の9階に理事長室がある。理奈は弁護士の高山と談笑していた。

「先生。ひと段落ついたから、特別にお礼がしたいの」

理奈は高山のほおに優しくキスをして赤ワインの入ったグラスを手に持った。

「先生、まずは乾杯しましょう。二人の愛に……」

理奈は一気に飲み干した。

「ところで先生、あのくそババーは何年、刑務所に入っているの」

「そうですねー。恐らく10年といったところでしょうか」

「10年か。もし10年して出て来たら、私に面倒を見てもらうつもりなのかしら。血のつながりのない私をこれまでさんざん馬鹿にしやがって。誰が助けてやるもんか。あいつが出てきたら58歳になるわ。その年じゃ、北陸温泉で枕芸者（売春婦）をやるしかないわね。せいぜい、酔っぱらいの相手をすればいいのよ。あのババーは……」

理奈は高笑いした。

「そうそう、父も残念なことをしたわ。私の為にわざわざ公正証書遺言を残して死んでくれて。

あの女たらしは今頃天国で女の尻を追っかけているんだわ。

全ては、私が尊敬する頭のいい弁護士先生の取り計らいで大成功しました。先生、私、嬉しいわ……」

高山は理奈の上機嫌を見て言った。

「理奈さん、あまり飲み過ぎないように……」

「大丈夫だって。先生も、もっと召し上がって」

理奈は3杯目のワインを喉に流し込む。

「しかし、弁護士という人間はよくよく考えると恐ろしいものね」

「理奈さん、何が恐ろしいのですか」

「だって、先生が全部考えてくれたからうまくいったのよ。あのいやらしい父を、いつもままこいじめする母に殺させたのは先生のお知恵ですもの。

そうそう、先生が教えてくれた72時間以内に服用するアフターピルね。あいつとやったあとすぐ飲んだわ。ノルレボ錠っていう薬を。あいつ医者だから私の排卵日を密かに調べていたのよ。さすが医者ね。

でも私の方から妊娠したいと言って誘い出したから、凄くドキドキしたけど。あの後、生理があって、ほんと安心しています。良かったわ」

理奈は机の引き出しから大きな封筒を取り出し高山に差し出した。

「はいどうぞ。臨時ボーナスよ。大好きな先生にあげます……」

高山はプレゼントに目を輝かした。

「お金ですか」

「そうよ。５００万円入っているわ。小切手は履歴が残るから、現金が一番いいのよ。足がつかないから……」

「ありがとうございます。理奈さんのお役に立てて光栄です」

理奈は笑った。

「先生、なんだか普通のセリフね。もっと激しく感じさせる言葉が見つからないの」

高村は少し黙ってから言った。

「僕は理奈が大好きだ」

「おっと、かなりインパクトがあってよろしい。それでは、今夜は星を見ながらしっとりとした甘いキスをしましょう」

二人は勝ち組になった喜びに浸りながら肩を寄せ合って窓の外を見ていた。

こうしてオオカミ娘は20歳の若さで資産15億円を手に入れた。悪名高い若手弁護士の策略を用いて、正に総合病院の頂点に駆け上がった。

第2章　妊娠と避妊の話が聞きたい

1

ただ今より、東京原宿にあるナザレ婦人科病院、秋山院長のセミナーを開催します。

「みなさん、こんにちは。今日は妊娠と避妊についてお話しします。

日頃から、私は女性の多くが、あまりにも妊娠と避妊に関する知識がないと痛感しています。

女性の体は男性と違って非常にデリケートに出来ています。

女性は日頃、頭痛、生理痛、腰痛、腹痛、乳房の腫れや痔痛など、常に痛みと闘っています。

この女性の複雑な体の仕組みや働きをよく理解してもらう為に、今日は特別に私のセミナーを受けていただきます。

ていねいに分かりやすくお話ししますから、メモを取りながら最後まで真剣に私の話を聞いてください。

それでは、これだけは知っておいてほしいと思うことを分かりやすく重点的にお話しします。いいですか、自分の体は自分が守るという強い信念を持って、これからの時間を是非大切にしていただきたい。そしてここにいるみなさんが平穏な日常生活を送られることを強く希望します」

会場内は専門医の話に関心を寄せる若い女性参加者の大きな拍手が鳴りやまなかった。

「まず初めに、妊娠についてお話しします。

妊娠とは男女の性交のあと、精子が卵子の中にもぐり込んで受精卵ができることです。すなわち、生命の誕生、子を宿すことを意味します。

受精卵は細胞分裂を繰り返して7日過ぎに、子宮に運ばれて子宮内にもぐり込みます。そしてどんどん大きくなっていきます。

卵子の寿命はおよそ24時間、精子の寿命はおよそ3日間くらいです。卵子が1個に対して精子の数は1億から2億匹と言われています。

子宮とは読んで字のごとし、子のお部屋です。命が育まれる為の安全な別荘と考えてください。そして280日間、命はゆっくりと時を過ごし、やがて恩人であり偉大であるママとの対面を果たすのです。

この世の中で母親が一番の恩人であると私はいつも思っています。私を産んで育ててくれた母親にはいつも感謝の気持ちでいっぱいです。女性はやがて母になり子を産んで人類の営みに貢献します。女性は母性本能を発揮して御自身の人生のすべてを愛する我が子に捧げるのが世の常と言えるでしょう。

ああ、少し脇道にそれてしまいました。もう一度妊娠の話に戻ります。

みなさんが、毎月苦労されている生理（月経）の説明から入ります。

生理とは毎月1回子宮から出血する生理現象で、排卵後の卵胞は『黄体』となり、妊娠が成立しないと排卵日から2週間で生理（出血）があります。生理は約1週間続きます。生理開始の2週間前後が排卵日になります。

排卵とは卵巣から卵子が送り出されることで、卵子を体外に捨てる意味ではありません。

膣内に放出された精子が排卵された卵子に出会うと、おめでたになるという次第です。

排卵は赤ちゃん誕生のチャンスで毎月1回、女性が門戸（物事の出入り口）を開けるから、さあー、精子さん、早くしないとダメよ、と言っているのです。

ところでみなさんのおうちには体温計がありますか。血圧計はないかも知れませんが体温計ぐらいはありますよね。もし、お持ちでない方がいらっしゃったらすぐ購入してください。体温計は妊娠に必要なアイテム（品物）ですから。

それではいよいよ本題に突入です。女性の基礎体温について説明します。

俗に言う基礎体温法とは低温相から高温相に変わる日（排卵日）を確認して、排卵直前の4日間、性交すると妊娠します。

生理は平均28日前後が一周期と言われています。生理開始から2週間前後に排卵があります。受精成立は妊娠2週目と計算します。妊娠40週、およそ２８０日が経過して、出産予定日となります。

妊婦とは妊娠している女性のことで出産の前後には産婦と呼びます。

生理開始から2週間は低体温期が続き、それから2週間は高体温期が続きます。この分かれ目の前後が排卵日となり、低体温期の最後にドーンと体温が下がった時こそが、正に排卵日なのです。

特に気をつけてほしいのは、生理中もしくは生理後でも妊娠する場合があることです。
一般に安全日と言われるものがあって妊娠しない意味にとれますが、排卵日がずれてしまったらそれこそ大変。意外に妊娠する危険性を多く含んでいます。
子供を産む予定が全くないなら必ずコンドームをつけて避妊してください。コンドームはエイズや淋病の感染を防止します。嫌がる彼氏の突起物に帽子をかぶせてくださいね（笑）
それと、あなたの体に挿入される前に必ずコンドームをつけるように彼氏に頼んでください。

挿入されてしばらくしてからコンドームをつけても既に精子が送り込まれている場合があり、性病感染もひょっとするとしているかも知れません。

コンドームの装着は妊娠と性病感染を未然に防げるわけですから絶対お勧めです。まれにピルを飲んで避妊される方がいますが、避妊は出来ても性病感染は防げません。

ところで最近、エッチな風俗店が多くなりました。若くてきれいな女子大生は仕送りが少ないからといって裸になるアルバイトをしているそうです。

私に言わせれば、それは表向きで実は彼女たちは快楽を求めているのです。若い女性がセックスして女性を磨こうなんて私には到底理解できません。でも女性ホルモンが頻繁《ひんぱん》に分泌されると女性は驚くほど輝きを増すのも事実なんですよね。

もしも彼氏がそういう女性とこそこそ会っていたら、あらまあ、大変ですね。最悪、あなたはエイズをうつされてしまうかも。

そういうことなので、彼氏がいかがわしい風俗店で取り返しのつかない行動をしてばい菌を拾って来ることも十分予測した方がいいですね。

いつ、どこで、性病をうつされるか、全く油断もすきもない恐ろしい世の中ですから。

みなさんはこのフリーセックスの時代にいやがうえでも生きていかねばならないので、やはり専守防衛でいくことが大切だと思います。とにもかくにも安全第一でいきましょう。

話を戻しまして、生理開始から2週間が経つと卵巣から卵子が排卵され卵管の先端の卵管膨大部で精子と出会い、卵管内で受精します。その後受精卵は細胞分裂を繰り返して子宮内に運ばれ、やがて胎児が作られ子宮（子のお部屋）がどんどん膨らんでいきます。

受精後1週間くらいで受精卵が子宮内に着床すると正に妊娠完了となります。

胎盤（プラセンタ）とは成長の為の栄養素を貯える臓器でフィルターの働きをします。胎児と母体をつなぐ円盤上の器官のことで酸素や栄養分や水分を母体から送り込み、胎児の排泄物が母体に戻されます。

胎盤（プラセンタ）は直径20センチくらい、厚さ2～3センチ、重さ500～600グラムでプラセンタはラテン語で平らなケーキを意味します。

出産後、30分くらいあとで再び陣痛があり、胎盤は子宮からはがれ落ちて体外に排せつされます。

実はプラセンタには若返りの栄養素があるのです。一般に市販されているプラセンタは国産豚の胎盤から作られていて細胞分裂が活発に行われ、若い細胞が生まれるので若い肉体を保つことが出来るのです。40代、50代の女性の老化防止に大変役立っています。

ビタミン、ミネラル、酵素が含まれていますから、肌が錆びてしわが増える多くの中年女性が飲むサプリメントやドリンク剤が今、人気を集めています。

ところで、女性の多くは35歳以上になると徐々に卵子が老化して妊娠しにくくなります。ダウン症の子供が生まれる確率が高くなるので晩婚はリスク（損害を受ける危険）が非常に高まります。

ですから、みなさんは生まれる子供が五体満足であることを願って若いうちから、恋愛、結婚、出産をサクサクとこなした方がいいですね。後手になると問題が山積してごてごてになって悩みが増えてしまいます（笑）

昔からよく言いますが、鉄は熱いうちに打てと言います。多くを望まず、信頼できる人とゴールインして貧しいながらも楽しい我が家を手に入れられた方が本当は幸せなんです。

昔から結婚適齢期がありました。3人の子を授かるにはおよそ6年の歳月が必要になり、逆算すれば、女性は24歳から28歳の間に結婚、出産した方がいいのです。

しかし、人にはそれぞれの複雑な事情がありますから、もうこれ以上は何も申し上げません。

昨今、特に男性がひ弱になってしまって精子の数が減少して不妊治療が増加しています。

一度の射精で1億5000万匹の精子が必要と言われていますが、低所得である若者の栄養不足、睡眠不足、スマホゲームのやり過ぎ、インスタント食品の取り過ぎなどで精力減退が叫ばれています。日頃から生活習慣病に気をつけて自然食品を食べるよう心掛けたいものです。

話は変わって、まじめに結婚して子を望んでセックスに励む男性がいますが、射精回数が多いと精子の増産が間に合わない為に妊娠できないといったことを耳にします。

そういうときは1週間から10日間くらい精液をじっくり溜め込んでから、黒部ダムの放流のようにダイナミックな性行為に臨まれた方がいいです(笑)

ところでマカにはアミノ酸、リジン、アルギニンが多く含まれていて精力増強になります。玉ねぎに似たマカはペルーアンデス山脈のオーガニックでとれたまぎれもない精力剤です。これは男性も女性も飲むべきものです。

オーガニックとは有機栽培のことで主に動物、植物から作った肥料（油かす、堆肥、魚肥など）で栽培しますのでとにかく安全です。人体に悪影響のある化学肥料を一切使っていませんから。

マカを飲んだら急に精力がついた。それは摩訶不思議、なーんてね(笑)

そうそう、大事な事を忘れていました。みなさん、女性はあそこが濡れないと妊娠できないことを知っていましたか。

市販されているゼリー、潤滑剤、ローションやぺぺには長期保存の為に防腐剤や保存料が含まれていて、粘度（ねばり気）が高い為に子宮口にふたをしてしまいます。また抗菌作用が強いので精子を弱らせる成分も含まれていますから、せっかくの精子が子宮にたどり着くまでにギブアップしてしまいます。

最近注目を集めているのが、フーナーサポート潤滑ゼリーです。

放出された精子は膣内を泳いで卵子に会いに行くのですが、泳ぐにも愛液がなくては泳ぐことができません。性交中にどうしても濡れない女性はすぐ専門医に相談された方がいいでしょう。

ここで重要なのは、一人で悩まず、すぐ産婦人科の医師に相談することです。恥ずかしいとか、面倒くさいとか、自己都合で問題をおざなりにしないこと。

医師は何でも知っています。早く相談して問題解決した方がどんなにいいか。それはみなさんが一番よく知っていますね。

まじめに結婚して妊娠して受精後、40週の280日で出産。身長50センチメートル、体重3000グラムの健康な赤ちゃんの誕生。生まれて100分間は赤ちゃんを裸体のままにします。新しい世界に体をなじませる為です。

次に、ここにおられる未婚女性の方に私はあえて助言したい。

お金と結婚してはダメです。愛と結婚してください。世の中は男女のつり合いが大切です。

男性と女性を天秤にのせてバランスがとれた方がいいに決まっています。バランスがとれないとやがてそれが不満となり、ののしり合う結果を迎えてしまいます。男女とも自分の身の丈に合った人を選ぶべきではないでしょうか。

映画『オールウェーズ・三丁目の夕日』で茶川が言った『お金じゃない』という言葉を私は今もよく覚えています。

私の知り合いに資産90億円を持っている人がいますが、愛人や妾が16人もいます。その子供がなんと20人。本妻や本妻の子供がかわいそうです。秩序と和を乱し、強欲な男は今日も濡れる女を求めて夜の街を歩いているのでしょう。本人いわく、俺は徳川家康だと豪語していおます。

やがて遺産相続でかなりもめますね。大勢の弁護士が出没して大混乱になるのです。弁護士は成功報酬として15パーセントから20パーセントの報酬がもらえるので戦闘態勢に入ります。仮に1億の遺産相続が成功したら2割として２０００万円を手にすることができますから、あらゆる手段を用いて合戦場に登場するのです。

また、話が脱線しました。申し訳ありません。

ここで15分間休憩にします。休憩してからこのあと、最重要課題である避妊についてじっくりお話しします。

おしっこを我慢すると膀胱炎になりますよ。遠慮せずにどんどんトイレに行ってください。

また、長時間座ったままだと肛門がうっ血します。痔になり易くなりますから、少し立っているといいですね（笑）」

「みなさん、着席してください。15分経ちました。それでは後半は避妊についてお話しします。避妊とは妊娠をしないようにすることで、妊娠を避ける行為を意味します。

正式に結婚して愛のある夫婦生活（夫婦間のセックス）を送る中で、経済的な余裕がない為に子供をつくれない場合、環境が整うまでしばらくの間避妊しなければなりません。

また恋愛中でまだ結婚には踏み切れない男女の関係ならやはり避妊すべきでしょう。

この世の中でさまざまな環境があり、複雑な事情がある限り、無配慮な妊娠出産はやめるべきです。なぜなら大人の性欲だけで生まれた子供は不幸を背負って生きていかなくてはならないからです。

良識ある男女が心から子供が欲しい、そして責任を持って子供を育てあげるという強い意志がなければ、やはり避妊しなければなりません。

男性には常に射精本能があります。交尾して精液を体から放出したい欲求に襲われます。柔らかくて温かい女性の体を存分にむさぼり、女性の膣内に増産された精液を放出したい願望を成人男子は頭の隅に持っています。要するにやりたいの一心だけなのです。

以前読んだ小説の中に男女の会話がありました。

『ねえ、わたしが欲しいの？　それとも体が欲しいの？』

『君が欲しいよ』

男性は嘘をつきました。もし本当のことを言えば、交際が打ち切られてしまうことを恐れたからです。

昔から男は嘘つきです。男性はセックスして快楽を求めます。エクスタシー（非常に気持ちよくてうっとりする状態、女性の肉体美に心を奪われること）を手に入れる為には何でもします。例えば、結婚する気が初めからないのに、女性に夢を持たせて誘惑します。また、他の女性と出会うと急に連絡しなくなり、男は嘘をついて新しい女性を追い求めます。

愛の狩人《かりゅうど》ならまだしも、はっきり言えば女体の狩人と言った方が正しいでしょう。

女性は性交よりも愛を求めます。自分を愛し、自分を大切にしてくれる男性との運命の出会いを密かに待ち望んでいます。もちろん、セックスにも関心はありますが、それよりも幸せになりたいという願望が強いのです。

男は女の体を求め、女は男の愛を求めます。もし、双方が生涯のパートナーと確信したなら、それはおめでたいことで祝福する価値があります。

男性に結婚を前提に交際したいという気持ちが無い限り、多くは男女の別れが待っています。

例外ですが、できちゃった結婚がありますが、これは男性が年貢を納めた結果に他ありません。妊娠発覚後、男女の壮絶な駆け引きが繰り広げられます。産むかおろすか。男性は正直産んでほしくない。そもそも最初から子供を持つことを前提に付き合っていないから。ドライブしたり、映画を観たり、居酒屋で夜遅くまで飲んで人生をエンジョイしたいだけのことで、この女性と一生暮らすなんて考えてもいないことなので、なんとしてでも現実から逃避しようとします。

一方、女性は子供を出産したら、自分が信じた男性が自分と子供を食べさせてくれるものだと思い込んでいるのです。女性は安住の地に足を踏み入れたいと心から願います。

身勝手な男性は時として、女性のお腹を蹴るそうです。流産すればこの腐れ縁が切れると判断するのでしょう。ろくでもない卑怯な男性は黙って部屋を出て行ってしまいます。

また、妻子ある男性との浮気で出産した後、その男女間で調停が行われます。いわゆる認知請求です。男性側に認知（愛人が産んだ子を自分の子だと認める）を迫り、養育費の支払いを求める調停を開きます。毎月5万円、子供が成人する（又は自立する）まで。

認知すると男性の戸籍の身分事項に○○を認知と記されて法律的に親子関係が成立します。

愛はやがて憎しみを生むと言いますが、泥仕合（醜く争う）がエスカレートしてなれの果てには殺人事件が起こることもあります。

そこで、女性は相手の男性が遊びなのか、本気なのかをよく見極めて行動すべきでしょう。

遊びだと思ったら、もちろん避妊すべきでしょう。本気であっても結婚するまでの間は避妊した方がいいでしょう。

彼に逃げられたくないから、妊娠を決めたという女性もいますが、独断専行して強引に結婚しようとして失敗した事例を私はよく耳にします。

結婚は相手があってのこと。相手の同意のもとに進められるのが婚約と結婚なのですから。女性も男性も本心で結婚したいと思わなければ、仮に結婚してもしばらくすると離婚したいという離婚願望が芽生えてきます。

子供を産んで育てることは大変な苦労がついて回ります。成人するまでの間、何が何でも子供を守り抜くという責任感がなければ子供を産む資格はありません。

恋に落ちて愛を手に入れる為の男女の関係を待ち望む女性にとって避妊は身近な問題であり、一歩間違えれば、母体すなわちあなたの体にダメージが及ぶことを日頃からよく考えて行動してください。

避妊の方法はコンドームが一番です。避妊と性病感染予防になるからです。次にピルがあります。ピルは婦人科に行って処方されます。女子バレーボールや女子サッカーなどの選手はピルを飲んで生理日を調節するそうです。

ピルは精子を殺すものではなく受精卵の着床を妨げる働きをします。また、ピルは排卵が起こらないようにして妊娠しにくい状態にします。

費用は月に3000円程度ですが、一般の女性には不経済です。特別な男女関係でコンドームが嫌いな男性の為にピルを飲む女性もいますが、私はコンドームの装着をお勧めします。コンドームなら1回100円前後ですし、ラブホテルには必ず用意されています。

コンドームは、クラミジア、ヘルペス、淋病、梅毒、尖圭《せんけい》コンジローマなどのウイルス感染予防の対策に大きな効果を発揮しますが、難点は一つだけあります。それはまれにゴムが破れることです。

ゴムが破れて妊娠の危険に出くわした時、あなたを救ってくれるのがアフターピルです。性交後、72時間以内にアフターピルを飲めば避妊できます。これを緊急避妊と言います。

アフターピルを使用して5日から21日以内に生理があれば避妊が成功したことになります。

2011年に日本で認可された最新薬のノルレボ錠は副作用が少なく、性交後72時間以内に1錠か2錠（病院によって異なる）を服用します。費用は約1万2000円です。

24時間以内なら95パーセントの成功率で、72時間以内なら75パーセントの成功率と言われています。

アフターピルは卵子の受精を防ぎ受精卵の着床を防ぎます。着床できなかった受精卵は体外に排出されます。

従来型のアフターピル（マドンナ・ポスティノール・アイピルなど）は費用が３０００円程度で一錠飲んだあと、12時間後にもう一錠飲みます。従来型のピルは副作用があり、頭痛、めまい、吐き気がしばらく続きます。

まあ、安いか高いかは個人の判断によります。

その時、どんな状況に置かれてひどく思い悩んでいるのか、想像するだけで私の胸が苦しくなります。

自分の体を守る為に、生活を守る為に、親や兄弟に失望されない為に。避妊という現実問題に胸の中がかき回されて自殺願望が芽生えることもあります。

恋に落ちて愛におぼれたうら若き女性の過ちと言ってしまえば、それまでですが、冷静になって中を覗いてみると、男女の深層心理がドロドロと働いて赤い糸と青い糸が複雑に絡み合って、どうしても解きほぐせない状態に引きずり込まれていくのです。

緊急避妊をしようと思ったら、すぐ医師に相談しましょう。アフターピルは婦人科で処方されます。出産して経済的に困る事態になる前に、72時間以内に手を打つべきです。大人の身勝手な行動で生まれた子供に幸福など絶対にありませんから。

一時的な母性本能で赤ちゃんを産みたいという強い衝動にかられる場合がありますが、よくよく考えれば無理な話です。赤ちゃんは妊娠したから産むものではありません。結婚して、経済基盤が整った夫婦が、子供が欲しい家族が欲しいと認識した時こそ、妊娠出産の道が開けます。

子供を殺したくない。おろすのは怖いからといってそのまま時間が経過して子供を産んでいいのでしょうか。乳児院に預けられた子供たちがどんな気持ちで毎日生活しているか、みなさんは考えたことがありますか。

どうして、僕は捨てられたんだろう。両親に捨てられたという被害意識が彼らの成長の妨げになっているのは事実です。果たして彼らが成人して本当に幸福になれるとお考えですか。

明日《あした》が分からないのが人間です。私たちはネクスト（次）を考えて生きていかなければなりません。次に起こることは何か。次に何をしなくてはならないか。次の段階に入る前に、よく考えて行動しなければなりません。

恋愛して彼とホテルに行き、セックスしました。でも産める状況ではない。

とりあえず、アフターピルを飲みました。そして避妊に成功しました。

その後、彼とよく話し合った結果、彼には結婚する気持ちがないことが分かりました。後ろ髪を引かれる思いで彼と別れました。

恋愛、セックス、妊娠、アフターピルや妊娠中絶の流れは不幸に満ちた負の連鎖と言えます。

この世の中に男と女がいる限り、生命の誕生を妨害する人生劇場が永遠に繰り広げられるのかと思うと私は哀しくなってしまいます。

アフターピル72、この緊急避妊の断罪は誰が行うと思いますか。妊娠はもはや神の領域です。自然の摂理を冒涜してその先、幸福が待っているとお思いですか。アフターピルを飲んで避妊することは生命の誕生を強引に妨げるのです。避妊も中絶も早い話が人殺しです。途中で命を奪われた受精卵や胎児は恐らく呪うでしょう。どうして殺すの。どうして育ててくれないの、と。

断罪とは犯した罪を裁き、刑を定めることで、アフターピルで避妊すると必ず祟《たた》りがあります。不慮の事故にあったり、うつ病になったり、殺人事件を起こしたり。因果応報、自業自得、信賞必罰。必罰とは過ちを犯した者は必ず罰せられるという意味です。普段から公序良俗を守り、良識ある社会人として毎日清く正しく生きていく者にはアフターピルは必要ないのです。ゴムが破れて緊急避妊する場合を除いてはアフターピルを使う事態になってはいけないのです。

最後に。『アフターピル72　緊急避妊の断罪』は、私が書いた本です。みなさん、是非買って読んでください（笑）」

秋山先生、本日はどうもありがとうございました。以上、これをもちまして妊娠と避妊についての先生のお話は終了となります。お忘れ物のないようご退出をお願いします。
今日はみなさん、ありがとうございました。

完

寺島　祐（てらしま　ゆう）

1955年、愛知県に生まれる。同志社大学経済学部卒業。埼玉県に家族５人で暮らす。尊敬する作家と作品は芥川龍之介『杜子春』『蜘蛛の糸』、三島由紀夫『金閣寺』、水上勉『飢餓海峡』、樋口一葉『たけくらべ』。尊敬する人は新島襄。趣味はゴルフ。

著書
『転ばぬ先の杖でございます。肝に銘じて損はないでしょう。』（文芸社）
『愛の償い』（文芸社）
『エイズの世界へ ようこそ』（東京図書出版）
『残酷葬　名古屋堀川物語』（東京図書出版）

悪魔の幻想曲

2016年７月21日　初版発行

著　者　寺島　祐
発行者　中田典昭
発行所　東京図書出版
発売元　株式会社 リフレ出版
〒113-0021　東京都文京区本駒込 3-10-4
電話 (03)3823-9171　FAX 0120-41-8080
印　刷　株式会社 ブレイン

ISBN978-4-86223-966-2 C0093
Printed in Japan 2016
落丁・乱丁はお取替えいたします。

ご意見、ご感想をお寄せ下さい。
［宛先］〒113-0021　東京都文京区本駒込 3-10-4
東京図書出版